D1663951

Jörg Meyer-Kossert • Die letzten Jäger des blauen Planeten

Jörg Meyer-Kossert

Die letzten Jäger des blauen Planeten

Vom Untergang des Homo sapiens

CORNELIA GOETHE
LITERATURVERLAG
IM GROSSEN HIRSCHGRABEN ZU
FRANKFURT A/M

Das Programm des Verlages widmet sich
aus seiner historischen Verpflichtung heraus
der Literatur neuer Autoren.
Das Lektorat nimmt daher Manuskripte an,
um deren Einsendung das gebildete Publikum
gebeten wird.

©2006 CORNELIA GOETHE LITERATURVERLAG FRANKFURT AM MAIN
Ein Imprintverlag des Frankfurter Literaturverlags GmbH
Ein Unternehmen der Holding
FRANKFURTER VERLAGSGRUPPE
AKTIENGESELLSCHAFT AUGUST VON GOETHE
In der Straße des Goethehauses/Großer Hirschgraben 15
D-60311 Frankfurt a/M
Tel. 069-40-894-0 ✻ Fax 069-40-894-194

www.cornelia-goethe-verlag.de
www.haensel-hohenhausen.de
www.fouque-verlag.de
www.ixlibris.de

Die Deutsche Bibliothek – CIP-Einheitsaufnahme
Ein Titeldatensatz für diese Publikation ist bei
der Deutschen Bibliothek erhältlich.

ISBN 3-86548-297-X

Die Autoren des Verlags unterstützen das Albert-Schweitzer-Kinderdorf in Hessen e.V.,
das verlassenen Kindern ein Zuhause gibt.
Wenn Sie sich als Leser an dieser Förderung beteiligen möchten, überweisen Sie bitte
einen – auch gern geringen – Beitrag an die Sparkasse Hanau, Kto. 19380, BLZ 506 500 23,
mit dem Stichwort „Literatur verbindet“. Die Autoren und der Verlag danken Ihnen dafür!

Printed in Germany

Inhalt

Vor 500 Jahren formulierte Paracelsus folgende Worte:

Alterius non sit qui suus esse potest

Wer sein eigener Herr sein kann, soll keinem anderen gehören

(Paracelsus 1486-1535)

Prolog

Nicht Generäle und Könige, nicht Jagdflieger oder Terroristen, nicht Reiche, nicht Wirtschaftsbosse, nicht Industriemanager und Politiker, nicht Bürgermeister oder Vereinsvorsitzende, nicht Bundesverdienstkreuzträger, nicht Schauspieler, nicht Ärzte oder Juristen, keine Absolventen aus Oxford oder Cambridge, keine Geehrten oder Gekürten, nicht Dekorierte oder Honorierte, schon gar nicht Vornehme, Elegante, Rolexbesitzer oder solche in Designerklamotten, selbst Kardinäle, Rabbiner, Meister und Mullas werden den blauen Planeten nicht retten können.

Wenn wir *diejenigen* suchen, die ihn retten könnten, werden wir *sie* nicht finden.
Denn *ihnen* fehlen all die Erkennungszeichen, für die unsere Augen heute geöffnet sind.
Alles, was heute wichtig ist, fehlt ihnen.
Alles, wovon du heute gut leben kannst, besitzen sie nicht.
Selbst diejenigen, die ihn retten wollen, werden es nicht schaffen.
Die Absicht wird ihnen im Weg sein.

Es bleiben nur wenige übrig, denen es gelingen könnte.
Sie sind permanente Stachel in unserem Fleisch. Es sind die letzten Jäger des blauen Planeten.
Von den Menschen sind sie missachtet und verachtet.
Nur weil wir ihnen zu wenig Bedeutung beimessen, können sie überleben.
Doch sie sind die einzige Chance für den blauen Planeten gerettet zu werden.

Ja, nur auf die Wenigen, die noch sich selbst gehören, können wir unsere letzte Hoffnung setzen.

Cleveland (USA), Oktober 2017

Die Straßen von Cleveland waren verstopft wie sonst nur zur Rushhour. Es gab kein Durchkommen. Malachy hatte das Gefühl, überhaupt nicht vom Fleck zu kommen. Sonst war er eher ein besonnener Autofahrer. Aber heute benutzte er mehr die Hupe als die Bremse. Es kochte in ihm.

Seine blasse Hautfarbe mit den rosigen Backen ließen ihn normalerweise jünger scheinen als es seinen neunzehn Jahren entsprach. Aber der Ärger gab seinem Gesicht jetzt eine erwachsene Note.

Man hatte ihm deutlich gemacht, welcher Artikel von ihm für die nächste Ausgabe der *Medical Tribune* erwartete wurde! Er konnte nicht mehr schreiben, was er für richtig hielt! Auch wenn es die Wahrheit war oder zumindest er sie dafür hielt. Er war nur noch Werkzeug irgendwelcher Interessen.

Sicherlich: Er war Jahrgangsbester in der High-School gewesen. Und auch in der Universität hatte er die Nase ganz vorn gehabt. Aber jetzt könnten sie diesen Artikel genauso gut von irgendeinem Medizinstudenten schreiben lassen, der ein Semester Zytologie gehört hatte.

Ich brauche diesen Job, fuhr er sich selbst an. Seine komfortable Wohnung war nicht gerade preiswert, und auch dieses verdammte Auto kostete eine Menge Geld. Mit dem Zeitungsjob finanzierte er sein ganzes Studium.

Als er endlich seinen Parkplatz erreichte, kam ihm Susan schon entgegen.

„Wo hast du nur gesteckt?“

Seine Temperaturkurve stieg ungehindert weiter an. Auch ihre weichen Lippen änderten daran nicht viel. Im Gegenteil. Er fand einfach kein Ventil, um seine angestaute Wut abzureagieren.

Susan merkte das.

„Was ist los mit dir? Keinen guten Tag gehabt?“

Er kniff die Lippen zusammen und atmete tief durch.

„Ach, bei der Zeitung haben sie Stunk gemacht wegen meines letzten Artikels. Du weißt schon, der über künstliche Befruchtung."
Er ging die Treppe mit ihr hinauf. Die Wohnung lag ruhig, und für einen Studenten war sie bestens eingerichtet. Im Wohnzimmer ließ er sich erst einmal in die Polster fallen.
„Sie wollen meinen nächsten Artikel mit einer bestimmten Zielrichtung haben, nicht so, wie ich ihn geschrieben habe. Das ist richtige Zensur. Und ich Trottel habe immer geglaubt, wir lebten in einem freien Staat!"
Er holte sich ein Glas Wasser und schaute in den Eisschrank.
„Wollen wir nicht lieber essen gehen? Ein gutes chinesisches Dinner könnte mich sicher wieder etwas aufrichten."

Nach einer halben Stunde saßen sie beim Chinesen, und Malachys Laune erholte sich langsam.
„Ihre Argumente sind dünn, aber auch nicht ganz zu entkräften. So steht halt Argument gegen Argument. Und dann soll schon lieber das gelesen werden, was dem angeblichen Fortschritt besser zu Gesicht steht."
Susan versuchte, ihn zu besänftigen.
„Ärgere dich doch nicht. Schließlich verdienst du gutes Geld."
„Ja, ja, ich weiß. Ich sollte froh sein um diesen Job."
Die Kellnerin kam und strahlte sie mit den Stäbchen in der Hand an. Nein, bloß nicht, dachte Malachy. Mit Stäbchen essen ist heute nicht drin. Die Nerven liegen sowieso schon blank, und er schnappte sich schnell die Bestecke, bevor Susan auf einen anderen Gedanken kommen konnte.
„Weißt du, Max hätte sich so etwas nicht gefallen lassen. Entweder akzeptierten ihn die Leute so, wie er war, oder er wendete sich anderen zu."
„Oder er kämpfte, bis sie ihm nachgaben", wendete Susan ein. Malachy grummelte nachdenklich.

„Denk nur an die endlosen Diskussionen im Politforum. Er hat nicht nur Politik studiert, sondern auch versucht, diese Erkenntnisse umzusetzen. Der war doch pausenlos unterwegs auf irgendwelchen Demos gegen die Globalisierung oder für Greenpeace. Der hat sich doch echt kaputtgemacht für seine Überzeugung." Susan erregte sich. Fast wurde Malachy etwas eifersüchtig.

Mit seinen nicht ganz achtzehn Jahren gehörte Max nicht nur Susans Bewunderung. Auch manche andere Kommilitonen – weiblich und männlich – zollten ihm für seine konsequente und ehrliche Lebenseinstellung Respekt. Aber trotz Susans Bewunderung – zusammengepasst hätten die beiden nicht. Susan liebte das Leben. Sie machte viele Zugeständnisse und Kompromisse, wenn es einmal eng wurde. Aber damit hätte sie bei Max einen schweren Stand gehabt. Vielleicht rührte auch daher ihre Anerkennung für ihn, für eine Lebenseinstellung, für die sie selbst zu weich war, die sie aber an Max umso mehr zu schätzen wusste.
Susans Gedanken machten Malachy jetzt noch ungehaltener. Schließlich hatte auch er Max genau wegen dieser Unabhängigkeit schon immer heimlich bewundert. Auch wenn er sich das nicht gern eingestand.

Gerade in den letzten Monaten hatte Max wieder einmal diese konsequente Haltung gezeigt, die er an sich selbst oft vermisste.
Max hatte nach langem Streit mit sich selbst und seinem Umfeld entschieden, dass er nicht so weiterleben wollte wie bisher und hatte die Konsequenzen gezogen. Er hatte sein Studium an den Nagel gehängt und war mit Shane, seiner Lebenspartnerin, ins nördliche Manitoba ausgewandert, nahe der Grenze zu Novanut. Beide hofften, dort nicht so stark von den gesellschaftlichen Zwängen beeinflusst zu werden wie hier in Cleveland. Sie wussten, dass das Leben dort härter und einfacher sein würde. Aber der Wunsch nach mehr Eigenständigkeit und vielleicht ein bisschen mehr Freiheit hatte sie diesen Plan verwirklichen lassen.

Max war weggegangen, ungeachtet der Folgen und Unannehmlichkeiten, die auf ihn zukommen würden. Weder die finanziellen Risiken noch die Freunde, die er zurücklassen musste, hatten ihn bewegen können, von seinem Vorhaben abzulassen. Er hatte einfach einen Schlussstrich gezogen und festgestellt, dass er sich sein Leben so nicht vorgestellt hatte. Deshalb war er fortgegangen. So konsequent konnte ein Leben sein, so folgerichtig.

Malachy versuchte, sich zu verteidigen. War es nicht auch feige, einfach alles stehen und liegen zu lassen, wenn einem nicht mehr alles passte? Musste man nicht auch einmal für seine Überzeugungen kämpfen? Er, Malachy, wollte nicht die Heimat verlassen so wie Max. Auch wenn Max mit seinen Vorwürfen an die Gesellschaft sicher in dem einen oder anderen Punkt Recht hatte, so konnte man seine Auswanderung auch als eine Flucht vor der Wirklichkeit sehen.
Malachy schaute auf die Uhr. Es war halb sechs.
„Hast du etwas dagegen, wenn ich heute Abend noch mal zu Chuck gehe? Ich möchte mit ihm noch mal über die Sache sprechen."
Susan hatte nichts einzuwenden. Sie war froh, den Abend ohne größere Erklärung mit sich allein verbringen zu können.

Chuck war schon seit vielen Jahren mit Malachy und Max befreundet. Er arbeitete bei der *Detroit News* in der Sparte *Technology* und war immer bestens informiert. Besonders darüber, was erst am nächsten Tag in der Zeitung stand. Manchmal deutete er auch schon Dinge an, die dann erst Wochen später zu lesen waren. Chuck war rund herum clever und pfiffig. Und das nicht nur in seinem Job. Natürlich war besonders Max mit seinem Temperament am Umgang mit dem immer quirligen und agilen Chuck interessiert gewesen. Aber auch der eher ruhige Malachy fühlte sich in seiner Nähe wohl. Die neuesten Tendenzen der Gesundheitspolitik ließen sich sicherlich bestens mit ihm besprechen.

Chuck war nicht zu Hause. Aber Malachy wusste, wo sein zweites Wohnzimmer war. Ecke Calkinsroad, Irish-Corner. Und richtig: Da, wo der Rauch am dicksten und die Musik am lautesten waren, stand Chuck und notierte wie üblich irgendetwas auf seinen winzigen Block.
„Hi, Chuck."
„Hi, Mal."
Malachy war froh, in dieser gewohnten Atmosphäre seinen Ärger vergessen zu können. Mit Chuck war vieles einfacher. Sein lockeres Wesen ließ so manchen Druck schnell verschwinden.

Als er den Pub gegen zehn Uhr verließ, war die Welt ein wenig alkoholisiert, aber auch entspannt und größtenteils wieder O.K..
Chuck hatte einen simplen und für den Chefredakteur sicher wünschenswerten Einfall gehabt.
„Wechsel das Thema. Sag ihnen, dass du was anderes, Besseres drauf hast."
Und so wollte Malachy es machen. Dann war er aus der Sache raus. Allerdings wurde er auf dem Heimweg das Gefühl nicht ganz los, dass Chuck ihm nicht alles gesagt hatte, was er wusste. Er kannte Chuck und seine Verneblungstaktik nur zu gut und ahnte, dass dieses Thema noch ein Nachspiel haben würde. So ging Malachy an diesem Abend mit einer Vorahnung zu Bett.

Manitoba (Kanada), Mai 2017

Obwohl es noch früh am Tag war, hatte die Sonne schon eine unerwartete Kraft. Sie standen zu dritt vor dem Haus: Shane, der Forstbeamte und Max.
Es schien fast so, als ob sich dieser wunderbare Morgen mit Absicht über ihre Vereinbarung legen wollte. Max war voller Zuversicht. Er hatte die andere Seite dieses Landes noch nicht kennen gelernt. Er hatte den Winter mit all seiner Härte und Einsamkeit noch nicht miterlebt, wenn die Dunkelheit das Land in der Umklammerung hielt, so als wollte sie es ersticken.
Max sah nur diesen leuchtenden Morgen und nahm Shane in den Arm. Der vor ihnen liegende Teil von Manitoba grenzte schon fast an Novanut. Hier gab es neben der eintönigen Tundra schon Baumbestand und erste lichte Wälder, und über allem lag diese Ruhe und Beständigkeit, die er in Cleveland immer so vermisst hatte.

„Ich wünsche euch viel Glück", sagte der Beamte. „Es ist sicherlich ein gutes Stück Boden, das ihr jetzt habt. Leider gibt es viel zu wenige Menschen, die sich noch für ein solches Leben entscheiden. Aber wenn ihr mit der Einsamkeit und mit der Kälte zurechtkommt, werdet ihr dort sicher genügend erwirtschaften können und zufrieden sein."
Max dankte ihm. Sie hatten die Pacht für das nächste Jahr fast umsonst bekommen. Mit dem kleinen alten Blockhaus darauf hatten sie sogar eine Unterkunft, um die sie so mancher hier beneiden würde.
„Shane, komm, wir sollten los!"
Er faltete die Landkarten, die sie bekommen hatten, zusammen und stieg in den Wagen. Shane stand gedankenverloren da.

Ob sie das Richtige gemacht hatten? Sie war sich nicht so sicher wie Max. Als sie zu Hause entschieden hatten, die Heimat zu verlassen, hatte ihre Entscheidung mitzukommen den Ausschlag gegeben. Damals wusste sie genau, was sie sagte. Aber heute? Während ihrer Reise hierhin hätten sie schließlich noch immer wieder umkehren können. Aber jetzt hatten sie sich gebunden. Die Unterschrift unter den Pachtvertrag hatte etwas Endgültiges. Sie zementierte das, was zu Hause wie eine Art Urlaubsreise begonnen hatte. Natürlich hatten sie gemeinsam reiflich überlegt, ob dieser Ausstieg richtig oder falsch war. Aber da sie weder Kinder noch berufliche Bindungen gehabt hatten, hatten sie die wenigen Habseligkeiten schnell zusammengepackt, und der Abschied war ihnen leicht gefallen.

Shane riss sich von ihren Gedanken los und stieg ebenfalls ein. Max startete und fuhr los.
„Hast du Muffe vor unserer eigenen Entscheidung?", fragte Max, als er ihre Nachdenklichkeit bemerkte.
Sie nickte. „Ein bisschen schon."
Max wollte sie beruhigen. Aber es gelang ihm nicht. Er spürte, dass auch ihn diese Unsicherheit langsam ergriff. Zu Hause war alles ganz einfach gewesen. Der Frust über das dortige Leben hatte ihnen das Weggehen erleichtert. Sie hatten beide nicht mehr so weitermachen wollen.
„Hier ist uns alles noch so fremd. Wir werden uns im Laufe der Zeit auch hier zu Hause fühlen. Jetzt ist es nur die Angst vor dem Unbekannten."
Er sah Shane von der Seite an.
„Es ist nur die Angst vor der eigenen Courage. Wir hatten die Courage. Unsere Freunde und all die anderen Spießer sitzen immer noch in Cleveland und tun brav das, was die Gesellschaft von ihnen erwartet. Wir sollten jetzt auch an unsere Ideen glauben."
„Amen", sagte Shane sarkastisch. „Der Herr hat gesprochen."

Aber dann tat ihr ihre Bissigkeit auch schon wieder Leid. Sie warf ihm einen Blick zu und sah, wie die Haut zwischen seinen buschigen, rötlichen Augenbrauen sich in Falten legte.
„Tut mir Leid. Du hast ja Recht. Jetzt richten wir erst mal unser neues Zuhause ein. Morgen Abend kommen schließlich Tom und Alisha, und bei uns kannst du noch nicht mal einen Fisch grillen."
Max stimmte zu und ließ die Tachonadel etwas höher wandern. Aber die Gedanken über Cleveland und die Freunde wurde er nicht los. Er dachte an seinen Vater, an Chuck und an Mal.

Sein Vater war zu alt, um seine Gewohnheiten noch einmal zu ändern. Er würde wie immer in seiner Werkstatt zu finden sein und Holz bearbeiten. Er, Max, liebte diese Arbeit mittlerweile genauso wie sein Vater und hatte ihm oft stundenlang zugeschaut und ihm dabei geholfen. Diese Kenntnisse wollte er hier nutzen, um ein bisschen Geld dazuzuverdienen. Er wollte gern drechseln und seine kunsthandwerklichen Arbeiten wieder aufnehmen. Vielleicht auch andere Schreinerarbeiten, wenn die Leute hier so etwas brauchten.

Chuck war sicherlich der Flexibelste von den dreien. Er war schlau und wusste in jeder Lebenslage einen Ausweg. Für seine Zeitung war er oft Tag und Nacht im Einsatz. Chuck war einfach wie geboren für das Leben eines Journalisten, mit einer Nase wie ein Spürhund lief er durchs Leben und witterte Neues und Interessantes. Allerdings merkte er im Gegensatz zu Mal sehr schnell, wenn man ihn vor einen für fremde Interessen einspannen wollte.

Bei Malachy, seinem besten Freund, kam er genau an den Punkt, der ihn von zu Hause weggetrieben hatte. Er war hochintelligent und hatte ein breites Wissen, von dem selbst Max nur träumen konnte. Er glänzte bereits kurz nach seinem Abschluss an der High-School mit Vorträgen vor fertig ausgebildeten Ärzten sowie mit Zeitungsveröffentlichungen.

Aber das war nur ein kleiner Teil von dem Mal, den Max kannte. Da gab es auch noch andere Seiten: Mal kochte hervorragend, liebte Kinder und seine Familie über alles. Er machte gern Picknick und saß dann oft stundenlang am Cuyahoga und beobachtete den Fluss. Ihre Lebenswege hatten sich schon früh im Kindergarten gekreuzt. Mal war zwar ein Jahr älter als er selbst; trotzdem hatten sie fast alles zusammen unternommen, was das Leben ihnen zum Kennenlernen in den Weg gestellt hatte.
Sie hatten zusammen die Schule besucht, gemeinsam ihre Freundinnen ausgesucht und oft stundenlang im Irish-Corner diskutiert und sich die Nächte um die Ohren geschlagen. Ihr gegenseitiges Interesse aneinander war nie erlahmt. Der andere war für jeden von beiden eine prall gefüllte Vorratskammer gewesen, in der es alles das zu finden gab, was die eigene Küche nicht enthielt.
Aber nach der High-School hatte Mal nur noch seine Karriere im Kopf gehabt. Ihre Wege hatten angefangen, sich zu trennen. Wenn Mal jetzt nur noch im Interesse von Verlegern und Ärztekongressen unterwegs war, schien ihn das nicht sonderlich zu stören. Sein eigenes Leben glitt ihm aus der Hand, und er wehrte sich nicht. So etwas ging Max völlig gegen den Strich.

„Wir fangen hier neu an", knurrte Max, „und zwar jetzt."
Max war für sein Alter schon erstaunlich selbstständig. Er hatte sich nie für Dinge interessiert, für die ihn andere hatten gewinnen wollen. Nur was in ihm selbst begonnen hatte zu wachsen, hatte ihn begeistern können. Max gehörte sich selbst. Keine Werbung, keine Medien hatten ihn prägen können. Das hatte ihn alles nur passiert wie ein Sieb. Nichts war für länger hängen geblieben.
Max lebte aus sich selbst heraus. Das war es, was Shane an ihm so fasziniert hatte. Max war zwar von großer, kräftiger Statur und als Mann durchaus attraktiv. Aber das hatte Shane nicht in seine Arme getrieben. Seine Unabhängigkeit imponierte ihr. Darüber hinaus war ihre Liebe zueinander an den vielen Abenden aufge-

blüht, die sie nach ihrem Kennenlernen miteinander verbracht hatten.
Oft hatten sie stundenlang geredet und miteinander diskutiert. Manchmal hatten sie gestritten und wütend den anderen allein zurückgelassen. Aber lange hatten sie nie voneinander lassen können. Meistens waren sie schon nach wenigen Stunden wieder zueinander gekommen, und was vor kurzem noch unvereinbar schien, wurde dann oft zum Ausgangspunkt ihrer schönsten Träume.
Shane fühlte sich nicht als Anhängsel von Max. Sie hatte ihre eigenen Ideen und eine gesunde Zielstrebigkeit. Aber in der jetzigen schwierigen Situation wankte sie und suchte Halt. Obwohl natürlich auch Max viele Gedanken plagten, gelang es ihm in den nächsten Wochen doch, sie mit seinem unerschütterlichen Selbstbewusstsein wieder anzustecken und zu ermutigen.

Die viele Arbeit, die vor ihnen lag, tat ein Übriges und vertrieb bald die nagende Unsicherheit in ihrem Herzen. Sie hatten viel zu tun. Die Hütte war sicherlich seit zwei oder drei Jahren nicht mehr bewohnt worden. Alles roch muffig. Als Erstes rissen sie alle Fenster und Türen auf und beförderten sämtlichen Hausrat nach draußen. Das Wetter meinte es gut mit ihnen. Sie hatten in ihrem Pick-up alles, was ihnen nützlich erschienen war, von Churchill mitgebracht. Shane war ganz in ihrem Element. Sie sah ihr kleines Schloss bereits vor ihrem geistigen Auge und stürzte sich in die Arbeit.
Max ging hinunter zum See und legte zwei Angeln aus. Der nächste Supermarkt oder das, was man hier so nannte, war schließlich fünfundzwanzig Meilen weit weg, und außerdem mussten sie lernen, sich langsam von dem zu ernähren, was das Land ihnen gab.
Am nächsten Tag reparierte er den kleinen Steg am Ufer. Der Kahn, der dort noch angebunden war, war bestenfalls geeignet, um Brennholz daraus zu machen.

„Max, da kommt jemand“, rief Shane als sie einen kleinen Jeep in ihre Einfahrt rollen sah.
„Es sind Alisha und Tom.“ Sie hatten die beiden schon vor Tagen kennen gelernt, als sie das nähere Umland durchstreiften. Beide kamen aus der Nähe von Toronto und hatten sich hier vor einem Jahr angesiedelt. Tom war von kräftiger Statur. Aber neben seiner Frau wirkte er wie ihr Sohn. Sie hätte mit ihrer Figur wohl jeder germanischen Walküre Ehre gemacht. Von ihr hatte Shane auch den Tipp mit der Pacht bekommen.
„Auf gute Nachbarschaft“, rief Tom.
„Na ja, Nachbarschaft ist gut. Es sind ja immerhin anderthalb Stunden strammer Fußmarsch bis zu euch“, meinte Max.
„An die Entfernungen werdet ihr euch schon noch gewöhnen. Ach übrigens, zur Einweihungsparty haben wir natürlich auch ein Geschenk mitgebracht. Wartet mal.“
Alisha ging zum Auto und öffnete die Tür. Ein kurzer Pfiff und ein wunderschöner Malamute* sprang heraus. „So einen braucht ihr hier draußen, zum Schutz und auch zur Gesellschaft. Der hier ist noch aus unserem letzten Wurf übrig geblieben.“
Max war total überrascht. Er bückte sich zu dem Hund herab.
„Er hört auf den Namen Nanook.“
Die blauen Augen des Hundes blickten ihn neugierig an, und Max wusste nicht, wer von ihnen beiden aufgeregter war: Nanook oder er selbst.

Als Tom und Alisha spät in der Nacht gegangen waren, lehnte sich Shane an Max' Schulter. Ihre Finger strichen zärtlich durch seine krausen, rotbraunen Locken.
„Ich glaube, ich fühle mich schon nicht mehr ganz so fremd wie noch gestern. Tom und Alisha waren so nett. Ich fühle mich richtig freundlich aufgenommen.“

*Schlittenhundrasse

Nanook drückte sich eifersüchtig gegen ihre Beine. Sie kraulte ihn hinter den Ohren und schaute über das lichte Nachtblau des Sees. „Vielleicht meinen wir in ein paar Wochen schon dieses Blockhaus, wenn wir von unserem Zuhause sprechen."

Cleveland, Februar 2018

Malachy hatte das Abendessen ausfallen lassen. Obwohl er erst vor kurzem sein erstes Medizinexamen bestanden hatte und die Stelle als jüngster Assistenzarzt in der Gynäkologie des St. Patrick-Krankenhauses angetreten hatte, zeigte er schon erste Verschleißerscheinungen. Es lief alles nicht so, wie er wollte. So steuerte er erst einmal zur Beruhigung seiner Nerven das Irish-Corner an. Chuck und einige seiner Kollegen standen um den Billardtisch. Malachy schaute ihnen zu. Nach zwei Runden setzte er sich mit Chuck an den Nebentisch.

„Wie war das eigentlich vor einem Monat mit deinem Artikel in der *Medical Tribune?*“, forschte Chuck plötzlich nach. „Was wolltest du damals genau schreiben?“

Nach Malachys Erklärung runzelte Chuck die Stirn. „Weißt du, ich kenne da einen Kollegen von der Konkurrenz. Der schreibt über Medizintechnologie. Insofern arbeiten wir nicht genau am gleichen Thema. Da kann man schon mal ein paar heiße News austauschen, ohne Angst haben zu müssen, dass die Konkurrenz zu viel erfährt. Also pass auf: Da gibt es wohl in vielen gynäkologischen Abteilungen einen drastischen Rückgang der Geburtenrate. Nur rückt mit den Zahlen keine Klinik so gerne raus, weil dann die Gelder gekürzt werden. Aber an einer Stelle in der Stadtverwaltung fließen dann doch alle Zahlen der Kliniken zusammen. Genau dahin hat mein Kumpel einen guten Draht. Allerdings hat man auch auf diesem Amt versucht, die Informationen zu verharmlosen beziehungsweise ganz geheim zu halten. Das war meinem Kumpel doch recht auffällig. Den Grund dafür kennt er bis jetzt nicht.“

„Ist mir in den ersten Wochen meiner Arbeit auch schon aufgefallen, dass die Neugeborenenstation fast leer steht“, stimmte Malachy zu.

„Siehst du. Da ist was dran. Jedenfalls kamst du nun mit deinem kritischen Artikel über künstliche Befruchtung und deren Erfolgsquote genau in diese Entwicklung hinein. Auch wenn der Geburtenrückgang sicher nichts mit der künstlichen Befruchtung zu tun hat, so war eine zusätzliche Kritik wie deine über dieses Thema einfach nicht erwünscht." „Wenn du Recht hast mit deiner Information, dann muss aber noch mehr dahinter stecken. Es geht mir wie deinem Kollegen. Die Tatsache des starken Rückgangs allein ist doch nicht Grund genug zu einer Geheimhaltung", erwiderte Malachy. „Wieso ist es der Verwaltung so wichtig, diese Info nicht nach draußen zu lassen?"
„Vielleicht ist der Einbruch bei den Zahlen stärker als wir denken", meinte Chuck.
„Kannst du nicht noch ein wenig nachfassen?", fragte Malachy vorsichtig. „Das ist schließlich mein Fachgebiet, und da sollte ich schon so gut wie möglich informiert sein".
Chuck nickte. Es war sein natürlicher Trieb, überall seine Nase reinzustecken. Deshalb ließ er sich um solche Dinge nicht lange bitten.
„Aber gib mir etwas Zeit. Ich lasse von mir hören."
Malachy nahm es hin. Aber er war nachdenklich geworden.

Vier Wochen später piepte seine Mailbox im PC. Die Mail kam von Chuck.

Hallo Mal!

Die Sache mit deinem Medical-Artikel wächst sich langsam zu einer interessanten Story aus. Die Unterlagen, die noch vor acht Tagen meinem Kumpel – ungern zwar – gezeigt wurden, sind auf einmal als Verschlusssache nicht mehr zugänglich. Aber das reizt einen Reporter natürlich erst recht. Und nun kommt's: Eine solche Statistik gibt es nicht nur für Cleveland. Die zehn größten Städte im Westen haben alle eine solche Statistik und alle sind sie unter Verschluss. Das riecht nicht nur

verdächtig. Das stinkt schon richtig. Sonst müsste es nicht unter Verschluss sein.
Und noch etwas: Offensichtlich wurden vom State-Department zwei Gutachten in Auftrag gegeben. Thema: Geburtenrate in den USA, Inhalt unter Verschluss. Kopie liegt jeweils bei jeder Stadtverwaltung. Ein Gutachten wurde übrigens von der gynäkologischen Abteilung der Columbia University erstellt. Kennst du da keinen ehemaligen Kommilitonen? Halt mich auf dem Laufenden.

Gruß Chuck

Malachy zermarterte sich das Hirn. Wenn die Geburtenrate wirklich so rapide absank, so hatte das nichts mit dem Thema „Künstliche Befruchtung" zu tun, was Inhalt seines Artikels gewesen wäre. Im Gegenteil: Er hatte hierin kritisiert, dass die Befruchtungstechniken noch recht willkürlich und unwissenschaftlich vorgenommen wurden. Hier eine Verbesserung zu erreichen, würde bedeuten, dass auch die Geburtenzahlen wieder stiegen.
Dass man dieses Mal seinen Artikel nicht wollte, von ihm, dem man sonst jeden Artikel aus den Händen gerissen hatte, musste einen anderen Grund haben. Vielleicht hatte der Artikel nur nicht in die Stimmung gepasst, die die *Medical* erzeugen wollte.
Aber die Frage nach den Hintergründen ließ ihn doch nicht mehr so richtig los. Das Ganze nur mit einer falschen Stimmung zu begründen, erschien ihm immer mehr als naiv.
Wenn die Geburtenziffer wirklich so hinunterging, dann konnte das natürlich verschiedene Gründe haben. Aber die meisten schieden von vornherein aus, wie zum Beispiel, dass die Menschen sich einfach nicht mehr so viele Kinder wünschten. Das passte einfach nicht zu der merkwürdigen Geheimhaltung.
Dass die Fruchtbarkeit der männlichen Samenzellen noch weiter zurückgegangen sein sollte als sie sowieso schon im Rückgang begriffen war, war dann schon eher denkbar. Dahinter konnte sich

vielleicht eine größere Einleitung von Giften in die Gewässer verbergen. Oder aber die weiblichen Eizellen konnten der Grund sein. „Alles Spekulation“, sagte er zu sich selbst.
Mal wusste, wo er weiterkommen würde. Am Nachmittag hatte er frei. Das wollte er nutzen, um Dr. Robin Leach aufzusuchen. Robin war ein bekannter Kollege aus der Zellbiologie. Hier bekam er vielleicht einen Hinweis, ohne gleich direkt wieder als verantwortungsloser Panikschreiber zu gelten.

Robin fühlte sich durch Malachys Besuch geehrt, denn Mal hatte jetzt schon einen guten Namen in diesen Kreisen. Und Robin war gesprächig.
„Diese Problematik ist auch schon bis zu uns durchgedrungen. Natürlich bekommen wir von oben Anweisung, unsere Forschung stillschweigend zu betreiben. Aber mich kann doch niemand hindern, einem interessierten Kollegen meine Erkenntnisse weiterzugeben. Außerdem ist es wichtig, dass du diese Dinge an die Öffentlichkeit bringst. Das geht alle was an. Meinen Namen solltest du aber dabei weglassen.“
Er zog seine Augenbrauen über der Nase zusammen. „Wir Wissenschaftler lassen uns viel zu oft für fremde Interessen einspannen. Aber nun zu deiner Frage:
1. Die männlichen Samenfäden scheiden aus, denn selbst bei künstlicher Befruchtung mit Erbgut aus der Samenbank, das noch vor einem Jahr in hohem Maße befruchtungsfähig war, ist ein starker Rückgang des Befruchtungserfolges zu beobachten.
2. Irgendwelche, in der Umwelt zu suchenden Hormone wären auch denkbar, scheiden aber ebenfalls aus, da das nicht kurzfristig zu einem so drastischen Rückgang führen würden, wie wir ihn jetzt haben.
3. Die Genstruktur der weiblichen Superhelix könnte sich verändert haben, und das scheint mir am einleuchtendsten.
Das Einzige, was ich dabei nicht erklären kann, ist die Verbreitungsgeschwindigkeit. Es müsste irgendeine Ursache dafür geben,

dass sich die geänderte Superhelix gegen die bisherige Variante durchsetzt. Aber da muss ich noch passen. Ist ja auch nicht direkt meine Aufgabe. Aber so wäre es denkbar."

Malachy schwindelte der Kopf. Verstand Robin überhaupt, was er da sagte?
Er lieferte sich noch eine kleine Diskussion mit Robin über dessen These. Aber dann war er froh, bald nach Hause aufbrechen zu können. Susan war für solche Themen immer eine gute Gesprächspartnerin und ihm um ein Vielfaches angenehmer als ein sachlicher Wissenschaftler. Sie liebte nicht die theoretischen Diskussionen mit Chuck oder Max. Meist zog sie sich unbemerkt aus diesen Runden zurück. Aber wenn es darum ging, die praktische Seite der Dinge zu sehen, war sie ihnen allen mehrere Nasenlängen voraus.
So war sich Susan dann auch der Tragweite von Robins These wesenlicht bewusster als dieser selbst.
„Wenn es wirklich so ist, dann müsste man sich auf die Suche nach dem veränderten Genbruchstück machen", meinte sie. „Man müsste untersuchen, ob es sich wirklich verändert hat und wenn dem so ist warum."
Natürlich, das klang ganz einfach. Aber da ließ man sich von höherer Seite nicht in die Karten gucken. Das alles passte nur zu gut zu der Verschlusssache.
„Sicher ist das auch die beste Erklärung für die Geheimhaltung", meinte Malachy. „Wenn man die Ursachen schon kennen würde, gäbe es außer der potentiellen Panik keinen vernünftigen Grund, die Sache weiter zu verschleiern."
„Sie tappen sehr wahrscheinlich genauso im Dunkeln wie wir", meinte Susan.

Das Ganze nahm jetzt langsam unheimliche Züge an. Wenn Regierung und Wissenschaftler die Dinge nicht mehr im Griff hatten, nahmen sie sie unter Verschluss. Susan und Mal waren sich einig: Der Rückgang der Geburtenrate musste eine dramatische Ursache haben, wenn die Politiker ihr so ratlos gegenüberstanden.

Inuktalik (Manitoba), Herbst 2017

Über die Hudson Bay war der Herbst gekommen. Shane und Max hatten den Sommer über ihr Blockhaus renoviert und sich einen kleinen Garten angelegt. Mehrere Solaranlagen versorgten sie mit Strom und warmem Wasser. Für alle Fälle hatten sie auch noch einen kleinen Generator angeschafft. Sie waren völlig autark.

Max hatte sich voller Arbeitswut über den alten Steg hergemacht. Hier lag jetzt ihre einzige größere Errungenschaft, die sie erstanden hatten: ein Aluboot mit Außenborder. Nachdem Max sich von Tom noch so manchen Kniff beim Angeln abgeschaut hatte, füllte sich mit Hilfe des neuen Bootes ihre Vorratskammer bald reichlich mit frischem Fisch für den Winter. Haltbar gemacht und gefrostet wurden die Vorräte allein durch die bereits jetzt herrschenden tiefen Außentemperaturen, die auch den außerhalb des Hauses liegenden Vorratsraum durchzogen. Das Angeln machte Max zudem sehr viel Spaß. Es kam seiner Neigung – einfach verträumt im Boot zu sitzen und in Ruhe nachdenken zu können – entgegen. Es war wie damals mit Mal, wenn sie am Cuyahoga River gesessen und stundenlang aufs Wasser geguckt hatten, um den Wellen und dem vorbeitreibenden Strandgut nachzuträumen.

Aber jetzt stand der Winter vor der Tür. Es würde ihre erste große Bewährungsprobe werden. Wenn sie mit dem Winter und seinen Folgen zurechtkamen, dann würde das Land ihnen auch auf Dauer zur Heimat werden können. Die Kälte hatte schon so manche Zuwanderer, die sich hier niederlassen wollten, wieder vertrieben. Und es war nicht nur die Kälte draußen. Es war die mehr als halbjährige Erstarrung, in die das Land mit Beginn des Winters fiel. Das Leben spielte sich dann nur noch innerhalb der Ortschaften ab. Draußen legte sich eine eisige Stille über die Tundra und ließ die Menschen in ihren Häusern bleiben. Wer mit dieser sechsmonatigen Einsamkeit und Gleichförmigkeit nicht zurechtkam, wurde hier niemals heimisch.

Das offene Wasser ging jetzt mit jeder Nacht weiter zurück. Die Zeit des Fischens ging zu Ende. Allenfalls an einigen Eislöchern konnte Max dann sein Glück noch versuchen. Viel interessanter wurde jetzt die Robbenjagd. Aber da musste Tom ihm noch reichlich Nachhilfe geben.
Bald kamen die ersten Schneestürme. Die letzten Wasserlöcher froren schnell zu, und die Temperaturen gingen auch tagsüber kräftig unter Null. Von einem der zahlreichen fahrenden Händler hatten sie sich einen Hundeschlitten mit Geschirr erworben. Sie hatten dafür zwei von Max' Holzschnitzereien eintauschen müssen und ein halbes Dutzend Felle, die Shane gegerbt hatte. Sie hatte sich als sehr geschickt im Gerben erwiesen und war mit einigen Trappern schon regelmäßig im Tauschgeschäft. Für die langen Winterabende hatte sie sich vorgenommen, für sich und – wenn die Felle reichten – auch für Max einen Mantel zu machen.
Zu Nanook, Alishas und Toms Geschenk, hatten sie sich mittlerweile noch eine weitere Hündin gekauft, und Tom hatte ihnen noch zwei Hunde bis zum nächsten Frühjahr von seinem Hof geliehen. Vier Hunde, hatte Tom gesagt, sind das Mindeste für ein gutes Gespann. Jedenfalls bei den hiesigen Entfernungen. Max hatte Tom mehrfach beim Anleinen und Einspannen zugeschaut. Und so wartete er gespannt auf seine erste Schlittentour mit den Hunden.
Es war stets einer seiner Träume gewesen, mit dem Hundegespann durch die arktische Landschaft zu fahren. Eigentlich war es mehr als nur ein Traum. Es war eines der Ziele seines Aufbruchs aus Cleveland gewesen: frei zu sein. Frei mit seinen Hunden über die endlose Tundra fahren zu können, nicht mehr ferngesteuert an einer unsichtbaren Leine, an unsichtbaren Moralvorstellungen, an nicht mehr hinterfragten Verhaltensmustern. Er wollte nicht in einem Kohlenmonoxyd ausstoßenden Auto auf vorgegebenen Wegen fahren, an roten Ampeln sinnlos warten, obwohl meilenweit kein Auto kam. Er wollte nicht 50 Meilen pro Stunde fahren, nur weil ein entsprechendes Schild ihm dies gebot. Es gab Vor-

schriften ohne Ende: im Verkehr, in der Moral, in den Gesetzen, in der Arbeitswelt, in der Erwartungshaltung der Leute, Vorschriften in der Kleidung und im Benehmen.
Dieses Land hier war für ihn mehr als bloß eine Zuflucht vor dem verlogenen Leben in den Staaten – eine Zuflucht vor einer Gesellschaft, die nicht mehr merkte, wie sie zu unfreien Marionetten von verantwortungslosen Wirtschaftslenkern und Politikern wurde. Dieses Land war eine der letzten Möglichkeiten, wenigstens teilweise in Freiheit zu leben, und die Fahrt mit dem Hundeschlitten durch die weglose, verschneite Tundra war in seiner Vorstellung stets der Inbegriff dieser Freiheit gewesen.
Allein die weite Entfernung von den Machtzentren ließ ihn ein wenig Unabhängigkeit und Freiheit spüren. In der einsamen Weite der Schneelandschaft gab es keine vorgezeichneten Spuren, keine Wege, denen man folgen musste. Der Augenblick der Entscheidung, wie und wohin er sich bewegte, gehörte nur noch ihm und seinem freien Willen. Die Fahrt mit dem Hundegespann über das grenzenlose Eis war der bildliche Ausdruck von Max' innerem Drang nach Freiheit und seinem Verständnis von sich selbst.

Nach zwei Wochen – als das Eis fest genug war – kam Tom. Er half ihm beim Einspannen der Hunde ins Geschirr. Sie waren kaum zu bändigen, obwohl außer Nanook alle drei Hunde erfahrene Schlittenhunde waren. Die Nervosität, die auch die Tiere zu Beginn des Winters vor ihrer ersten Schlittenfahrt verspürten, war deutlich zu sehen. Aber als sich die Männer schließlich hinten auf ihre Schlitten stellten und das Kommando zum Losfahren gaben, schien sich das Durcheinander wie von Geisterhand aufzulösen. Max erfasste ein unsagbares Glücksgefühl, als der Schlitten über das Eis hinaus auf den See glitt. Der zarte, leichte Schneefall verwandelte sich mit zunehmender Geschwindigkeit in spitze Kristalle, die unerbittlich auf Max' Gesicht prasselten, und die roten, wilden Haare, die aus der Mütze hervorschauten, waren bald nur noch weiß und eisverkrustet. Der kleine Seitenarm, an dem Tom

und Max wohnten, erweiterte sich nach wenigen Minuten Schlittenfahrt zu einem breiten See. Hier hatte Max seine ersten Lachse gefangen.
„Zur Robbenjagd werden wir allerdings mit dem Schneemobil besser zurechtkommen“, rief Tom durch den Fahrtwind hindurch. „Die Entfernungen sind viel schneller zu bewältigen. Bis zum offenen Meer sind es immerhin fast acht Meilen, und schließlich leben wir hier ja auch nicht mehr in der Steinzeit.“
Tom ahnte nicht, was in Max vorging.
Die kaum zu bändigenden Hunde, das Stürmen des Fahrtwindes, das Schleifen der Kufen im Eis – alles rief ihm zu: Das ist es, was du wolltest, das ist deine Freiheit! Sein Herz pochte wild. Der Brustkorb war voller Glück. „Nanook, Imbra, Aja, Inook, come on, go, go, go.” Max ließ die Zügel locker und brüllte seine Freude heraus. Nanook und Imbra liefen gut im Geschirr. Es war, als ob sich Max' überschäumende Freude auf die Hunde übertrug. Sie liefen schneller als Toms Gespann und schoben Meter um Meter zwischen die beiden Schlitten. Max fing Feuer und schürte den Lauf seiner Hunde. Nach zehn Minuten hatte er Tom gut 1000 Fuß hinter sich gelassen.
„Na warte, du alter Grünschnabel“, knurrte Tom. „Ich krieg dich schon.“
Aber Max ging es nicht darum, Tom hinter sich zu lassen. Er war sich seiner mangelnden Erfahrung durchaus bewusst und hätte niemals ernsthaft versucht, sich in seiner ersten großen Schlittentour mit Tom zu messen. Vielmehr hatte Max Tom fast ganz vergessen.
Er studierte seine Hunde genau. Ihre Reaktionen auf seine Kommandos schienen ihm noch immer nicht ganz richtig. Aber ihre ungestüme Kraft und das Temperament, mit dem sie nach vorn drängten, waren seiner eigenen Art, durchs Leben zu gehen, nur allzu ähnlich. Seinen Augen und sein Kopf wurden von den Hunden wie magisch nach vorn gezogen. Längst bemerkte er die eisige Kälte auf seinen Wangen nicht mehr. Er sah nur noch die sanfte,

weiße Schneedecke vor sich und den Horizont, der ihm scheinbar immer näher kam. Sein Herz fing an, im Rhythmus der trommelnden Pfoten zu schlagen, und sein Atem glich immer mehr dem Hecheln der Hunde. Seine Beine schienen zu rennen. Er rannte mit Nanook und Imbra. Der Schnee, den ihre Pfoten aufwirbelten, spritzte links und rechts am Schlitten vorbei, und Max flog wie in Trance in die unendliche Weite seines Traums hinein.
Sie hatten den See und den anschließenden Fluss hinter sich gelassen und kamen nach einer Stunde an die offene Hudson Bay. Als Tom sah, wie Max geradewegs auf eine vor ihm liegende Schneeverwehung zufuhr, witterte er seine Chance.
„Jetzt hab ich dich! Links, lauft links", rief er seinen Hunden zu. Er machte einen weiten Bogen und fiel dadurch noch mehr zurück. Aber dann kam Max in den Tiefschnee. Seine Hunde fingen an zu springen. Max wurde langsamer und verlor seine Fahrt. In wenigen Minuten war Tom mit ihm auf gleicher Höhe und flog förmlich an seinem Freund vorbei.
„Und jetzt bekommst du für diese Frechheit noch eine kleine Lektion", murmelte Tom in seinen Bart. Er ließ seinen Hunden jetzt freien Lauf, und nach einer Viertelstunde wurde Tom immer kleiner und verschwand endlich ganz aus Max' Gesichtsfeld.
Verdammt, was hat der vor, ging es Max durch den Kopf. Als er Tom schließlich gar nicht mehr sehen konnte, hielt er seine Hunde an. Auf dem See und den Flüssen kannte er sich gut aus. Aber hier draußen war er noch nicht gewesen. Er war weit vom Ufer entfernt und merkte erst jetzt, dass er die Orientierung verloren hatte.
Tom wird schon zurückkommen, dachte er bei sich. Als sich die Hunde langsam beruhigt hatten, hörte er, wie unruhig das Eis war. Es knackte in unregelmäßigen Abständen, als wenn es ihm drohen wollte, und dann folgte eine beunruhigende Stille. Max setzte sich auf seinen Schlitten. Von Tom war keine Spur zu sehen. Plötzlich hörte er einen Peitschenknall, der ihm das Blut in den Adern ge-

frieren ließ. Max blickte sich erschrocken um. Weit und breit war niemand zu sehen. Natürlich nicht! Was hatte er sich gedacht!
Der Schreck saß ihm tief in den Gliedern. Er dachte an Toms Warnungen über die Spannungen im Eis und die Risse. Da war es wieder. Diesmal klang es ganz anders, eher wie traurige Stimmen aus der Tiefe, unbekannt und bedrohlich.
Wo Tom bloß steckte? Die Geräusche und das Knallen schienen völlig unkalkulierbar. Dann sah er auch die starken Risse im Eis. Mit fiebriger Hast versuchte Max wieder Ordnung in die Hunde und das Geschirr zu bekommen. Aber das war mehr als schwierig. Bei der Abfahrt hatte Tom alles gerichtet. Es hatte so spielerisch und einfach ausgesehen, und Max begriff, dass es reichlich naiv von ihm gewesen war, sich so sicher auf dem Schlitten zu fühlen. Es fehlten ihm die grundlegendsten Dinge. Allmählich ergriff ihn echte Sorge, und er blickte sich immer wieder um, ob Tom nicht zu sehen war.
Die Hunde sprangen durcheinander. Sein Zurufen entfachte mehr Verwirrung, als dass es Ordnung stiftete. Erst nach mehreren erfolglosen Versuchen brachte er sein Gespann endlich einigermaßen vor dem Schlitten in Gang. Zwar hatten die Leinen sich reichlich verdreht, aber Max war froh, endlich wieder zu fahren.
Nach einiger Zeit tauchte ein kleiner Punkt vor ihm auf. Beim Näherkommen stellte er fest, dass es Tom war. Er atmete erleichtert durch.
Tom saß genüsslich grinsend auf seinem Schlitten und schlürfte einen heißen Tee.
„Okay, okay.“, meinte Max, nachdem er seinen Schlitten zum Halten gebracht hatte. „Es war wohl etwas verfrüht, dir meine Hinterkufen zeigen zu wollen.“
„Etwas?“, höhnte Tom. „Viel zu früh. Das hier ist doch kein Hundesportrennen in Toronto. Du bist hier in der Wildnis. An jeder Ecke lauert eine Gefahr. Und da benimmst du dich wie ein kleiner Junge auf der Rennbahn.“

Das hatte gesessen. Max hatte begriffen, was Tom ihm sagen wollte. Er setzte sich neben ihn, und dann lachten sie beide. Tom war zwar erst einundzwanzig Jahre, aber ein alter Hase, was diese Dinge betraf. Seit vier Jahren besuchte er Hunderennen in Nunavut und Manitoba und hatte manchem Einheimischen schon Kenntnisse voraus. Nicht zuletzt weil er mit etwas mehr Distanz auch die Fehler in den Gebräuchen der Inuit sah und Verbesserungsideen entwickelt hatte. Auf der Heimfahrt zeigte Tom ihm kleine Wasserlöcher mitten im Eis.

„Diese Löcher graben die Robben selbst, damit sie an die Luft kommen und atmen können", sagte Tom. „Die Inuit nennen sie Aglou. An solchen Löchern werden wir Jagd auf die Robben machen können. Aber es wird noch zwei Wochen dauern, bis das Eis dort draußen dick genug ist."

Max war es egal. Er war trotz Toms zwischenzeitlichem Verschwinden voller Begeisterung über ihren Ausflug. Das Leben an der Hudson Bay war ihm ein ganzes Stück näher gerückt.

Cleveland, April 2018

Malachy war auf dem Weg zum Büro des *Medical-Tribune*. Er wollte mit dem Chefredakteur reden. Aber Malachy musste sich in Geduld üben und erkennen, mit welchen Mitteln auf dieser Ebene gekämpft wurde. Eines dieser Mittel war jedenfalls die Zeit. Es vergingen noch Wochen, bis Malachy an ihn herankam.
„Warum wollen sie den Artikel, der schon damals nicht besonders lesenswert war, denn jetzt unbedingt schreiben?“, fragte Mister Shepard. „Warum sind sie bloß so hartnäckig in dieser Sache?“
Mal musste mit der Wahrheit heraus, ob er wollte oder nicht.
„Weil es eine aktuelle Entwicklung gibt, die den Artikel besonders interessant werden lässt.“
„Aber ich habe ihnen doch schon damals gesagt, dass es für unsere Zeitung nicht förderlich ist, in dieser Richtung zu schreiben. Wir vertreten weitestgehend die herrschende Lehrmeinung der amerikanischen Medizin. Da können wir nicht deren Methoden derart scharf unters Messer nehmen. Jedenfalls nicht in einer so kritischen Situation.“ Mr. Shepard wirkte etwas verlegen.
„Ich frage mich sowieso, welche aktuelle Entwicklung Sie meinen.“
Mal erklärte ihm vorsichtig, was er wusste, ohne jedoch im Entferntesten seine Quellen zu nennen.
„Und woher haben sie diese Kenntnisse?“, fragte Shepard.
„Ich nehme an, aus den gleichen Quellen, aus denen Sie sich informiert haben.“
Durch diese geschickte Antwort hatte Mal ihm den Wind aus den Segeln genommen. Das Gespräch wurde jetzt schärfer.
„Aber ich schreibe doch gar nicht gegen eine künstliche Befruchtung“, versuchte Malachy es noch einmal. „Vielmehr gegen das Konzept, das nicht stimmt. Verstehen Sie, die Durchführung ist nicht die richtige!“
Das Gespräch lief noch einige Minuten weiter, ohne dass sie sich hätten verständigen können. Am Ende war Mal allerdings klar ge-

worden, entweder würde er die Finger von dem Artikel lassen oder er wäre den Job bei der Zeitung los. Wütend verließ er das Büro.
Wenn die Sache so ernst war, warum begannen sie nicht mit einer groß angelegten Suche in vielen Forschungslabors? Das war zwar nicht mehr mit Geheimhaltung zu machen, brachte aber doch allemal einen schnelleren Erfolg, als wenn nur wenige daran arbeiteten.
In den nächsten Wochen tauchte Malachy des Öfteren bei Robin im Labor auf und las sich in dessen Unterlagen in das Thema „Genveränderungen" ein. Aber irgendwie kam er an einem bestimmten Punkt nicht weiter. Und so verlor das Thema im Laufe der nächsten drei Monate an Wichtigkeit. Bis plötzlich die ganze Sache einen neuen Anstoß erhielt.

Wieder einmal steckte Chuck dahinter. Er rief morgens bei Malachy an.
„Hi, Mal. Was machen deine Studien in Sachen Gentechnik? Ich hab da eine Neuigkeit. Du hast doch das Problem, wie die Genmutation so schnell und auf so breiter Basis vonstatten gehen könnte."
In den folgenden Bruchteilen von Sekunden sah Mal Chucks Gesicht förmlich vor sich, wie er seinen Wissensvorsprung genoss und sich in diesem Wohlgefühl sonnte.
„Wie wäre es, wenn die Verbreitung von menschlicher Hand gesteuert wurde? Wäre der Geburteneinbruch denkbar, wenn die Mutationen über Nahrungsmittel in den menschlichen Stoffwechsel geraten wären?"
Malachy sah mehr erschrocken als erstaunt aus.
„Ich hab da sogar einen konkreten Hinweis. Islamische Fundamentalisten sollen einen solchen Weg von langer Hand geplant und durchgeführt haben. Was sie mit Milzbrandbakterien schon öfter vergeblich versucht haben, könnte doch mit eingeschleusten Genveränderungen viel perfekter und wirksamer geschehen.

Könntest du einen solchen Vorgang wissenschaftlich nachvollziehen? Ich meine natürlich nur den Weg des Gens?"

Es folgte ein langes Schweigen auf beiden Seiten. In Malachys Gehirn liefen die Nervenbahnen heiß. Chucks Behauptung war ungeheuerlich. Aber theoretisch war das denkbar und vielleicht auch machbar. Auch wenn er das nicht so recht glauben wollte.
Jetzt dämmerte ihm auch, warum sein Artikel nicht erwünscht war. Er kritisierte darin die künstlichen Manipulationen als zu ungenau, während gleichzeitig der natürliche Weg am versiegen war. In einem solchen Fall wollte man von offizieller Seite natürlich nicht mehr Staub aufwirbeln lassen als nötig und obendrein einen vielleicht noch möglichen Ausweg als schlecht kritisieren lassen.
Malachy hatte sich schon seit längerem seine eigenen Gedanken über die Gentechnik gemacht. Einer der grundlegenden Denkfehler lag für ihn in der Annahme, dass allein in den Erbgutfäden alle Informationen und das Programm enthalten seien, anhand derer sich das Leben entwickelt und aufrechterhält. Dies glaubte er nicht.

„Es ist eine falsche Annahme", begann er mit nachdenklicher Stimme, „dass die Sprache der Erbsubstanz, das heißt die Abfolge der Aminosäuren, in ein und demselben Organismus immer gleich ist. Auf allen Ebenen der Umschreibung genetischer Information in Eiweiße sind bis dato mehr Ausnahmen bekannt als Regeln, die noch vor einigen Jahren aufgestellt wurden. Die Gentechnik ist keine Technik im eigentlichen Sinne, sondern ein teilweise willkürliches Herumprobieren auf der Basis von Zufall und der Auswahl von scheinbar Funktionierendem."
Und dann war Malachy in seinem Element und auch von Chuck nicht mehr zu bremsen. Sein ohnehin hageres Gesicht schien in solchen Momenten der Anspannung noch zerbrechlicher, es schien fast, in sich zusammenzufallen.

„Es ist keinesfalls mit Sicherheit möglich, manipulierte Erbsubstanzstücke gezielt in bestimmte Bereiche der Erbsubstanzfäden einzubringen. Noch weniger aber, definierte Bereiche daraus zu entfernen. Die Erbsubstanzfäden – und das ist nur ein Grund – sind nämlich viel zu lang und zerbrechlich, um sie intakt der Analyse und der Manipulation zugänglich zu machen. Manipulierte Erbsubstanz fügt sich vielmehr oft zufällig und nicht gezielt irgendwo in das Chromosom ein."
Chuck stöhnte leise auf. Was jetzt kam, würde ihn langweilen und er hätte am liebsten den Telefonhörer neben sich auf den Tisch gelegt. Er wollte Mal auch gar nicht parieren oder gar einen Fehler in der Darlegung beweisen. Ihn interessierte eigentlich nur das Ergebnis: Waren künstlich eingeschleuste Gene in den Nahrungsmitteln die Ursache für die scheinbar fortschreitende Unfruchtbarkeit? Aber Malachy dozierte weiter.
„Erschreckt stellt wohl auch die internationale Forschung fest, dass sich manipulierte Erbsubstanz nach allen Seiten hin unkontrolliert ausbreitet. So ist beim Menschen bis heute das Einbringen von manipulierter DNA in die Keimbahn aus guten Gründen noch überall verboten. Die Folgen im neu entstehenden Leben und für die zukünftigen Generationen sind nämlich unkalkulierbar und vor allem unwiderruflich."
Malachy wusste, dass er, wenn er Chuck jetzt sein ganzes Wissen preisgab, von ihm in der nächsten Zukunft vielleicht nicht ganz auf dem neuesten Stand gehalten werden würde. Also bemühte er sich, ihm, wie er meinte, möglichst Interessantes, aber doch nicht alles zu sagen. Sie kannten sich allerdings schon zu lange, um diese Spielchen nicht auf beiden Seiten sofort zu durchschauen. Aber beide spielten mit und zollten dem anderen einen gewissen Respekt für seine Reaktion.
„Ich glaube, dass ein unkontrollierter Übergang in die Nahrungsmittelkette und von dort in die menschliche Keimbahn gut möglich ist. Aber eine gezielte Genmanipulation mit dem Ergebnis der Unfruchtbarkeit der menschlichen Keimzellen halte ich für wenig

wahrscheinlich, da die Eingriffe der Gentechnik nicht so präzise vorherzubestimmen sind."
Chucks Miene wurde missmutig. Das Ergebnis passte ihm nicht so ganz in seinen Kram. Eine Genkatastrophe gab ja sicherlich eine gute Story her. Aber mit Vorsatz und Absicht – das war doch etwas anderes. Wenn er dann auch als Erster diese News bringen könnte – ja, das wäre schon was ...
„Wie kommst du auf die islamischen Fundamentalisten?", fragte Malachy. „Das riecht doch geradezu nach Regierungspropaganda."
Chuck wollte nicht so recht heraus mit der Sprache. „Ich habe eine sehr zuverlässige Quelle im Innenministerium. Ich glaube nicht, dass mein Informant mich auf eine falsche Fährte schicken will. Der lanciert über mich doch regelmäßig Neuigkeiten in die Medien, die wahr sind, aber nicht von den Politikern als Erstes vorgetragen werden sollen. Nein, nein. Der belügt mich nicht. Wie zuverlässig allerdings seine Recherchen sind, weiß ich natürlich nicht."
Chuck erzählte noch ein wenig belangloses Zeug. Dann verabredeten sie sich für den nächsten Abend im Irish-Corner in der Hoffnung, ihre neue Story noch ein wenig weiterzubringen. In den nächsten Zeitungen kamen ein paar Hinweise auf den Geburtenrückgang. Aber die Artikel brachten nur wenig Zahlenmaterial und waren kaum konkret. Außer wilden Spekulationen von beiden Seiten tat sich in den nächsten Tagen nicht mehr viel.

Inuktalik, Oktober 2018

Natürlich drangen die täglichen Schlagzeilen auch bis zu ihnen. Wegen der schlechten Infrastruktur waren Max und Shane mit Internet, E-Mail und Handy bestens ausgestattet. In Punkto Genkatastrophe waren sie so stets auf dem neusten Stand. Auch bei ihnen war die weltweite Unfruchtbarkeit Gesprächsthema Nummer eins. Zwar war hier die Geburtenanzahl wie überall drastisch gesunken, aber es gab doch wenigstens noch vereinzelt Säuglingsgeschrei, vor allem in den entlegenen Höfen. Die meisten Menschen hatten ihre Ernährungsweise, gemäß den offiziellen Listen, mittlerweile umgestellt. Allerdings zeigte der Geburtenrückgang, dass diese Maßnahmen sehr wahrscheinlich bereits zu spät kamen.

Shane und Max hatten demgegenüber Glück gehabt. In ihrer anfänglichen Begeisterung über den frischen Fisch aus dem Meer und den Flüssen hatten sie, ohne Kenntnis der bevorstehenden Verseuchung mit genveränderten Lebensmitteln, automatisch die richtigen Dinge auf ihren Tisch gebracht. Sicher hatte auch das fehlende Geld dazu beigetragen, dass sie auf die aus dem Süden eingeflogenen Sachen, die sie lange genug gegessen hatten, verzichtet hatten. Das Land hatte sie mit dem ernährt, was es hergab. Nachdem die Katastrophe bekannt geworden war, war es ihnen leicht gefallen, sich in Bezug auf die Ernährung noch weiter abzuschotten. Getreide und Pflanzenanbau war im nördlichen Manitoba und in Novanut von jeher nicht möglich. Sie lebten gern von frischem Fisch und Fleisch, von Beeren und Früchten und selbst angebautem Gemüse.

Max verließ meist in aller Frühe das Haus, um zu angeln, wohingegen Shane sich zum Langschläfer entwickelte. Als er an diesem Morgen seinen Kahn am Steg festzurrte, saß sie allerdings schon

auf der Terrasse und sah ihm erwartungsvoll entgegen. Max schulterte sein Gerät und kam den Weg hinauf.
„Was ist los mit dir? Du bist ja schon auf!"
„Ich konnte es im Bett nicht mehr aushalten."
Max ließ sich auf seinem Stuhl nieder. Zum Frühstück aßen sie in dieser Jahreszeit Beeren mit selbst gemachtem Joghurt. Brot stand auf ihrem Index, aber Beeren gab es in Hülle und Fülle hinter dem Haus.
„Wieso hast du für drei gedeckt?" Max blickte erstaunt auf. „Kommt noch jemand?"
„Es kommt schon noch jemand. Aber ich glaube nicht, dass er oder sie pünktlich sein wird. Trotzdem habe ich schon mal mitgedeckt."

Max und Shane waren nun schon mehr als drei Jahre zusammen. Aber in den fünf Monaten hier in Novanut waren sie erst so richtig zusammengewachsen. Sie hatten wenig Fremde um sich herum und lebten so eng miteinander, dass sie sich manchmal wie ein altes Ehepaar vorkamen. Wenn sie bei ihrer Ankunft hier noch Zweifel gehabt hatten, ob sie es überhaupt so miteinander aushalten konnten, konnten sie sich jetzt ein Leben ohne den anderen nicht mehr vorstellen.
Max schaute sie fragend an. Er meinte, Shane in- und auswendig zu kennen. Aber dieser Gesichtsausdruck war ihm irgendwie neu. Sie ließ ihn zappeln. Diesen Schuss Freude, mit Stolz und Glückseligkeit vermischt, konnte er einfach nicht sofort einordnen. Als Shane ihn aber so zärtlich ansah und seine Hand nahm, da dämmerte es ihm plötzlich.
„Ich glaub's nicht", sagte er leise und schaute ihr in die Augen. Doch dann wuchs in ihm die Gewissheit über das, was sie ihm sagen wollte. Er sprang auf, ging um den Tisch und nahm sie behutsam in die Arme.
„Ich glaub' s einfach nicht!" Wieder versuchte er, in ihren braunen Augen zu lesen.

„Du willst mir doch nicht etwa sagen, dass es nur noch ein paar Monate dauern kann, bis wir hier zu dritt sitzen?"
Sie nickte nur. Max' Augen wurden feucht. Er war äußerlich vielleicht härter geworden, seit sie hier wohnten. Aber innerlich war er noch sanfter und führsorglicher, als er es ohnehin schon immer gewesen war. Er drückte Shane vorsichtig an sich, als hätte er Angst, dem kleinen Kind in ihrem Bauch zu schaden. Minutenlang standen sie so da, eng umschlungen, und weinten ihre Freudentränen.

Max sah vor seinen Augen die letzten Jahre vorbeiziehen. Shane war seine erste große Liebe gewesen. Niemals wäre er ohne sie von zu Hause weggegangen. Er sah den Kai vor sich, auf dem er sie kennen gelernt hatte. Es war eine große Demonstration für den Umweltschutz gewesen. Mit zahllosen kleinen Booten waren sie auf den Ontariosee hinausgefahren und hatten den Hafen von Rochester mit ihrer Bootskette blockiert. Anfangs hatte man sie gewähren lassen. Aber nach zwei Stunden hatte die Polizei Marineboote zusammengezogen und versucht, die Blockade aufzulösen. Sie hatten sich gewehrt, und dabei war ihm Shane aufgefallen. Sie war eher zart gebaut und machte nicht den Eindruck eines Menschen, der zupacken kann. Wie er sich doch damals getäuscht hatte! Sie war sehr ruhig gewesen, aber auch eine der Letzten, die der Polizei Widerstand geleistet hatten. Den ganzen Abend hatten sie danach zusammengesessen, und Max hatte sie von da an nie mehr aus den Augen verloren.

In Cleveland hatte er die Ablenkungen des Studentenlebens genossen: Jeden Tag war er woanders unterwegs gewesen. Auch sein Einsatz für politische Ziele hatte viel Zeit in Anspruch genommen. Es war schön und anstrengend zugleich gewesen, aber sie hatten nur wenig Zeit für sich beide gehabt.
Das hatte sich hier dann schlagartig verändert. Zeit war im Überfluss da – Zeit, um gemeinsam zu erzählen, Zeit, um einfach nur

den Kopf aneinander gelehnt stundenlang auf den See zu gucken, Zeit zum Lieben und Zeit für ekstatische, heiße Nächte. Sie hatten diese Zeit wie eine milde Meeresbrise an sich vorbeiziehen lassen und sie wie pures Glück genossen.

Shane setzte sich auf seinen Schoß.
„Das ist das schönste Geschenk für unseren Ausstieg. Ich glaube nicht, dass wir zu Hause noch ein Kind bekommen hätten."
Shane stimmte ihm wortlos zu.
„In den USA ist die offizielle Rate null, und selbst hier hörst du nichts mehr von Geburten – und wir bekommen ein Baby!" Sie lächelten sich an. Max strich Shane zärtlich über den Bauch.
„Dann kommt hier wenigstens mal ein bisschen Leben in die Bude!"
„Du hast bestimmt schon über einen Namen nachgedacht?", versuchte Max sie auszuspionieren.
Sie sprachen noch eine Weile über Namen, über Jungen und Mädchen und alles, was in diese neue Welt hineinpasste. Dann glitt das Gespräch langsam in die allgemeinen Fragen der Zukunft ab.
„Wenn es wirklich so ist wie wir im Radio und von den anderen hören, dann wird dieses Kind einmal ganz ohne andere Kinder aufwachsen. Wo sollen sie auch herkommen?"
„Oder wir machen noch welche", lachte Shane und ließ ihre spitzbübischen Grübchen aufblitzen, die Max so sehr liebte.
„Sicher gibt es noch eine ganze Menge solcher versteckter, einsamer Orte, an denen noch Kinder geboren werden. Die müssen sich dann eben suchen und finden."

Max war mit seinen neunzehn Jahren noch ein ziemlich jungenhafter Typ. Aber jetzt zeigten sich doch erste Falten auf seiner Stirn.
„Wenn du an das denkst, was wir letzte Woche in Churchill auf dem Markt über das Vieh gehört haben, dann glaube ich, dass wir auf lange Zeit diesen Ort nicht mehr verlassen können. Hier sind

wir zumindest teilweise sicher. Aber wie willst du dich ernähren, wenn du von hier weggehst? Bei fast allem, was du isst, musst du Angst haben, diese aggressiven Gene in dich einzuschleusen."
Shanes' Gesicht sah nachdenklich aus. Ihre fröhlichen Grübchen waren wie weggeblasen, und die dunklen Locken hingen ihr irgendwie traurig ins Gesicht.
„Wenn es wirklich so weit kommt, hat unser Kind eine einsame und traurige Zukunft vor sich."

Die hoffnungsvolle Stimmung, die sie durch ihre Nachricht verbreitet hatte, schien zusammenzubrechen. Aber sie hatten gelernt, mutig ihr Leben anzupacken. Und so siegte am Ende doch die Gewissheit, vielleicht den einzig möglichen Weg eingeschlagen zu haben. Nach dem Frühstück kam Max mit einer neuen Idee.
„Du kennst doch am Ausgang des Sees die große Insel?"
„Du meinst die mit den umgestürzten alten Bäumen?"
„Ja, genau. Ich fahre morgens oft mit dem Boot daran vorbei. Wie wäre es, wenn wir dorthin umsiedeln?"
Shane schaute ihn entgeistert an.
„Na ja. Die Insel liegt sehr günstig, und manches wäre dort einfacher. Mein Anfahrtsweg zum Fischen wäre von dort wesentlich kürzer. Wir hätten außerdem nicht so oft diesen auflandigen Wind, der das Boot immer gegen den Steg schlägt. Je nach Wind könnten wir auch die Angeln und Netze besser auslegen."
Er wartete, was Shane sagen würde. Aber sie saß nur da und hörte ihm zu. Manchmal, wenn sie ihn so ansah, hatte Max das Gefühl, sie wollte ihn mit Röntgenstrahlen durchleuchten. Sie schien seine Gedanken lesen zu können. Es lohnte sich nicht, dass er sie länger zurückhielt.
„Außerdem sind wir dort sicherer als hier."
Darauf schien Shane nur gewartet zu haben.
„Max, du willst dich immer mehr abschotten. Wir sind nicht auf der Flucht!"

Max fühlte sich angegriffen. Sah sie denn nicht die Gefahr, die immer mehr um sich griff?
Die Genmutationen schienen jetzt schon auf das Vieh überzuspringen. In Texas und in New Mexiko waren in den letzten Wochen keine Kälber mehr zur Welt gekommen. Und das war sicherlich nur die Spitze des Eisberges, denn die Notstandskommissare hielten die meisten Nachrichten so lange zurück, bis es nicht mehr anders ging.
„Auf der Insel können uns die veränderten Gene nicht so einfach erreichen. Wir können ..."
„Maaaax! Ich will kein Eremit werden. Unser Kind soll auch noch andere Menschen sehen können außer uns zwei. Lass uns lieber enger mit Tom und Alisha zusammenrücken. Das macht manches leichter. Außerdem haben wir in dieser kurzen Zeit so viel Überschüsse erwirtschaftet, dass wir darüber reden sollten, einen Gehilfen einzustellen. Ich denke da zum Beispiel an den jungen Ben. Der schuftet nicht nur wie ein Pferd, man kann sich mit ihm auch noch gut unterhalten. Das ist einfach angenehm hier in der Einsamkeit."

Max schwieg. Im Moment hatte Shane sicher die besseren Argumente. Kurz nach dem ersten heftigen Wintereinbruch zog Ben zu ihnen. Max und Ben errichteten einen kleinen Anbau hinter dem Blockhaus, den Ben dann in Besitz nahm. Max erwähnte seine Inselgedanken nicht mehr, aber er vergaß sie auch nicht.

Cleveland, Oktober 2018

Malachy saß gerade beim Frühstück, als Susan hereingestürmt kam und die Washington-Post durch die Luft wirbelte. Sie war viel zu aufgeregt, um sich auch nur halbwegs verständlich ausdrücken zu können. Deshalb hielt sie Mal einfach nur einen Artikel unter die Nase. In dicken Lettern prangte es, wenn auch erst auf der dritten Seite:

Soja als Ursache für einen dramatischen Geburtenrückgang!
Der Geburtenrückgang in mehreren Staaten der USA hat offensichtlich größere Ausmaße angenommen als bisher erwartet. Als Spitzenwert aus Louisiana wird ein Rückgang von 78% gemeldet, aus Michigan 65% und aus Ontario 41%.
Der rapide Rückgang der Geburtenzahlen steht möglicherweise in direktem Zusammenhang mit Genveränderungen an Sojapflanzen, deren Ursache noch nicht geklärt ist. Die Forschungslabors der beteiligten Firmen und der Universitäten arbeiten mit Hochdruck an Untersuchungen, die klären sollen, ob tatsächlich gentechnisch veränderte Soja dafür verantwortlich ist und wie diese Veränderungen entstanden sind. Nach gestern im Landwirtschaftsministerium verlautbarten Erkenntnissen scheinen große Teile der Sojaproduktion davon betroffen zu sein. Der Bevölkerung wird geraten, auf gentechnisch veränderte Sojaprodukte bis zur weiteren Klärung zu verzichten. Es wird alles getan, um die Quelle der Verunreinigung schnellstmöglich zu finden und zu beseitigen.

Malachy wusste jetzt, dass er auf der richtigen Spur gewesen war. Und das schon vor zwölf Monaten! Und er wusste noch mehr. Da wurde doch offensichtlich auf der anderen Seite gepokert und verschleiert, so gut es möglich war. Man hätte dieses Wissen schon vor Monaten den Menschen sagen können. Vielleicht hätte man noch in die Ursachenkette eingreifen können! So war jedenfalls

wertvolle Zeit verstrichen, vielleicht nicht in den Forschungslabors, aber sicher im Verhalten der Menschen.
„Sie nehmen uns auf den Arm und halten uns absichtlich unwissend. Zu dumm, dass ich unser Wissen nicht klar beweisen kann."
Sie redeten noch den ganzen Abend. Malachy konnte sich aber nicht dazu durchringen, mit seiner Kritik an die Öffentlichkeit zu gehen.

In den nächsten Monaten wurde die Vermutung auch für die Bevölkerung zur Gewissheit. Die täglichen Nachrichten hierzu wanderten schnell auf die erste Seite der Zeitung. Bald gab es nur noch ein Gesprächsthema unter den Menschen: die Genmanipulation an ihren Nahrungsmitteln.
Nach ein paar Monaten kam der Mais ebenfalls ins Gerede. Und dann begann sich die Spirale immer schneller zu drehen. Alle paar Wochen wurde ein neues Lebensmittel verdächtigt. Die Liste der Lebensmittel, vor denen von offizieller Seite gewarnt wurde, wurde immer länger. Wochen später verschwanden manche Produkte wieder von dieser Liste, weil der Verdacht sich angeblich als nicht haltbar erwiesen hatte. Während in den Nordstaaten die Erdnüsse auf der Verbotsliste standen, wurden sie in Texas gegessen. Die anfängliche Bestürzung machte schnell Platz für eine überschwappende Hysterie. Während die älteren Menschen und viele Männer die Essenslisten oft nicht befolgten, weil sie sich für nicht oder nicht mehr betroffen hielten, wussten junge Frauen und Kinder oft nicht mehr, was sie essen sollten.

„Weißt du schon, dass Kings-Food an der Ecke nächste Woche schließen soll?", fragte Susan eines Morgens.
„Nein. Aber wenn's nach dem Trend geht", meinte Malachy, „dann kommt demnächst ein Bioladen rein mit Frischtheke. Chuck sagte übrigens, wir sollten Aktien von Basic-Food kaufen. Die würden sich wahnsinnig vergrößern und sicher demnächst ansteigen. Die profitieren voll von der neuen Biowelle."

Susan wandte sich angewidert ab. „Die machen Geschäfte aus der Not der Menschen. Es sind die Gleichen, die uns bisher unser Plastikessen schmackhaft gemacht haben. Jetzt wollen sie uns auf einmal biologisch einwandfreie Nahrungsmittel verkaufen."
„Irgendeiner muss doch das Essen herstellen und liefern."

Susan und Malachy gingen seit Bekanntwerden der Sojakatastrophe nicht mehr auswärts essen. Man traf sich lieber mit Freunden zu Hause und kochte selbst möglichst gut überprüfte Lebensmittel. Seit einigen Tagen gab es schon keinen Reis mehr, Mais war schon von Anfang an nicht mehr in den Supermärkten erhältlich gewesen. Chuck meinte dazu nur, im Knast wäre das Essen wohl immer noch abwechslungsreicher.
So ging ein schreckliches Jahr zu Ende, ohne dass man die Krise in den Griff bekam. Die Vermutungen über die Ursachen wurden täglich um neue Varianten bereichert. Und so verlor sich die Spur der wirklichen Täter im Dickicht der Meldungen und Verleumdungen.

Inuktalik, Mai 2019

Es war ein Tag, wie er in der weiten Umgebung von Inuktalik lange nicht mehr vorgekommen war. Das Eis war schon ziemlich weit zurückgegangen, und die Frühlingstage hatten das Ihrige getan, um die Menschen in Fröhlichkeit und Betriebsamkeit zu versetzen. Nach der langen Winterzeit, die das Leben auf die Häuser und Dörfer zurückgedrängt hatte, schien jetzt alles nach draußen zu streben. So war es kein Wunder, dass man das Gefühl hatte, dass alles im Umkreis von fünfzig Meilen, das zwei Beine hatte, heute auf dem Hof von Max und Shane zusammengetroffen war.
Der eigentliche Grund, warum sich diese Betriebsamkeit auf Shanes' und Max' Haus konzentrierte, lag friedlich nuckelnd an Shanes' Brust. So, wie der kleine Inuk bestaunt und bewundert wurde, hätte man meinen können, es handele sich um einen Königssohn oder um den Erben einer großen Dynastie. Dass auf diesem kleinen Menschen tatsächlich noch größere Hoffnungen lagen, merkte Shane sehr schnell.

Der Mensch hatte sich schon seit dem Mittelalter als Mittelpunkt des Kosmos gesehen. Zumindest war sein Glaube an seine eigenen Fähigkeiten und an seinen Verstand ungebrochen. Erst mit dem Bekanntwerden der Genkatastrophe waren wirkliche Bedenken aufgekommen, dass die Menschheit ihrem eigenen Ende sehr nahe war. Die meisten hatten es bis zu diesem Zeitpunkt nicht wahrhaben wollen, dass die modernen Errungenschaften der Technik auch ein waghalsiges Spiel mit dem Feuer waren. Langsam setzte sich die Erkenntnis durch, dass die Menschen die Grenze ihrer Bestimmung überschritten und die Erde missbraucht hatten. Der blaue Planet war abgewirtschaftet worden. Seine Bewohner hatten diesen Untergang herbeigeführt. In dieser apokalyptischen Gedankenwelt war Shanes' Sohn so etwas wie der letzte Strohhalm, an den sich die Menschen klammerten. Er war ihre sichtbare Hoff-

nung, dass es zwar keinen Weg mehr, aber doch vielleicht noch einen schmalen Pfad in die Zukunft gab.
Shane und Max sprühten vor Stolz. Die vielen Gratulanten gaben ihnen die Bestätigung, dass ihr Weg aus der Gesellschaft heraus richtig gewesen war. Selbstzweifel hatten die letzten zwei Jahre an ihnen genagt. Ständige Diskussionen und Sorgen hatten ihnen oft die Nachtruhe geraubt. Aber jetzt fühlten sie die Sicherheit, dass ihr Weg richtig gewesen war.

Max erinnerte sich, wie er immer wieder zu Malachy gesagt hatte: „Entweder gehörst du zu den Sesshaften oder zu den Jägern. Wenn du zu den Sesshaften gehörst, hast du einen Status. Du bist wer. Aber du musst deinen Besitzstand verteidigen. Mit Thesen und Behauptungen, mit Lügen und Betrug. Wenn du auf diese Welt kommst, bist du nackt und ohne irgendeinen Besitz. Mit welchem Recht kannst du dreißig Jahre später behaupten, dieses Stück Land gehöre dir, oder diese Tiere oder dieses Haus sei dein? Dazu schaffen sich die Menschen Gesetze, um diese Unrechtsvorgänge zu legitimieren."
Mal war sein bester Freund gewesen. Aber mit diesen Äußerungen hatte er ihn immer gegen sich aufgebracht. Malachy hatte gespürt, dass Max mit seiner Allegorie Recht hatte. Sein ganzer Lebensplan mit seiner anvisierten Arztkarriere war darauf angelegt gewesen, ein Sesshafter zu werden. Deshalb hatte ihn dieser Vorwurf gereizt. Mal war vom Wuchs her ein hagerer Typ. Wenn er wütend wurde, hatte man den Eindruck, seine ohnehin schon tief liegenden Augen rutschten in seinem Gesicht noch weiter nach hinten in den Schädel. Er wirkte dann fast totenkopfartig und hatte Max dann immer ein wenig erschaudern lassen.
„Wenn du zu den Jägern gehörst, besitzt du fast nichts. Du gehörst zu einer Minderheit, die um diese Wahrheit weiß und öffentlich den Finger in diese Wunde legt. Deshalb wollen dich die Sesshaften vernichten. Du musst dich entscheiden, zu welcher Gruppe du gehören willst."

Aber Max wusste auch, dass man die Wahrheit nicht besitzen konnte. Man konnte um sie wissen oder sie suchen, aber besitzen konnte man sie nicht.
Die Selbstsicherheit über seinen Lebensweg, die er jetzt erlangt hatte, drohte ihn allerdings zu verführen. Zu verführen, dieses Wissen und diesen Weg für sich zu beanspruchen und zu verteidigen. Max ahnte diese Versuchung. Er hoffte von ganzem Herzen, ihr zu widerstehen. Wie oft hatte er seit der Geburt von Inuk darüber nachgedacht, ob es vielleicht ihnen beiden zugedacht sei, die sterbende Welt wieder wachsen zu lassen. Dass es nicht ihm und Shane, sondern erst seinen Nachkommen gelingen sollte, diesen Weg zu finden, konnten beide zu diesem Zeitpunkt noch nicht ahnen.

Inuk war inzwischen mit seiner Mahlzeit fertig geworden und wanderte in Alishas Arme. Ihr Bauch hatte ebenfalls diese wunderbare Wölbung, die die Menschen zurzeit in völlige Verzückung geraten ließ. Alisha war Krankenschwester und da der nächste Arzt in Churchill war, hatte sie Shane während der Geburt beigestanden. Das hatte die beiden Frauen eng miteinander verbunden. Und so legte Shane jetzt voller Vertrauen ihren Sohn in die kräftigen Arme von Alisha.
„Du hast ihn als erster Mensch in den Armen gehabt. Da ist er sicherlich auch jetzt gut aufgehoben."
Alisha strahlte das Kind über das ganze Gesicht an. Ben saß derweil am Feuer und drehte eine riesige Bärenkeule am Spieß.
„Weißt du noch, wie wir diesen Anouk nach Hause geholt haben"?
Tom erzählte die Geschichte immer wieder gern. Er hatte den Eisbär selbst im Januar geschossen.
„Es war nicht ungefährlich, denn die Biester sind nicht so scheu wie Grizzlys oder Schwarzbären. Er kam auf mich zu, als ich an einem Wasserloch stand. Da hast du nicht viel Zeit zum Überlegen.

Wenn du dein Gewehr nicht geladen hast und nicht wenigstens dein zweiter Schuss sitzt, dann kannst du dein Testament machen.“

Weil es unter den Inuit ohnehin Sitte war, große erlegte Tiere wie Bären und Wale zu teilen, hatte er zur Feier Max zwei Bärenkeulen versprochen. Als sich der Geruch des gebratenen Fleischs allmählich in der linden Frühlingsluft verbreitete, wurde der Kreis der Zuhörer um Tom und Ben immer größer. So saßen viele um das Feuer herum und hörten den Jagdgeschichten zu.
Selbst von weit entfernten Gehöften trafen die Menschen ein. Da der Seal River schon wieder eine offene Fahrrinne hatte, kamen die meisten mit dem Boot. Viele nutzten die Gelegenheit, auf diese Weise die im Winter zu Hause hergestellten Sachen mitzubringen und zum Tausch anzubieten. Da kamen neben vielen Fellen und daraus gefertigten Kleidungsstücken vor allem aus Speckstein und Holz geschnitzte Kunstgegenstände zum Vorschein.

Shane hatte mittlerweile einen kleinen Exporthandel aufgebaut. Durch ihre vielen Kontakte in ihre alte Heimat hatte sie Absatzmöglichkeiten aufbauen können, die den alteingesessenen Händlern bisher nur schwer zugänglich gewesen waren. So nutzten sie alle gern Shanes' Beziehungen, und sie verdiente nicht schlecht an ihrer Position.
„Schluss jetzt“, rief sie gegen Abend. „Der Lagerraum ist voll. Mehr kann ich beim besten Willen nicht gebrauchen.“
„Ohne dein kaufmännisches Geschick“, flüsterte ihr Max von der Seite ins Ohr, „ständen wir längst nicht so gut da. In Cleveland hatten wir zu keiner Zeit so viel auf der hohen Kante wie jetzt hier.“

Shane errötete kaum sichtbar, aber war voller Stolz. Sonst war Max oft der Initiator und Macher gewesen. Jetzt sah auch sie, dass die Anfangsphase in Inuktalik ohne ihr Dazutun bei weitem nicht so gut gelaufen wäre. Sie blickte Max an und ein Strom voller Glück durchfloss ihren Körper.

Sedna-Island, Juni 2022

„Tom, aus dem Weg!"
Ben und Max hoben einen schweren Holzbalken und hievten ihn auf die Tragegurte der Seilwinde. Sie wollten vor der Dunkelheit unbedingt noch mit der Holzkonstruktion fertig werden. Tom fing an zu drehen. Langsam spannten sich die Gurte. Der Balken hob sich und schwebte hoch in Richtung Dach.
Max hatte sich in den Kopf gesetzt, für alle ein Gemeinschaftshaus zu bauen. Es sollte nicht nur einen Versammlungsraum enthalten, sondern auch eine Scheune, einen Stall, Werkstatt und Vorratskeller.
Für den Versammlungsraum hatte er sich eine gedankliche Anleihe an Artus' Tafelrunde genommen. In den Wintermonaten hatte er einen runden Tisch geschreinert, welcher der Mittelpunkt des Gemeinschaftszimmers werden sollte.
Tom hatte in der Zwischenzeit für Holz gesorgt. Das war nicht einfach gewesen, weil es in der Umgebung von Inuktalik kaum geeigneten Wald gab, nur offene Steppe und Tundra. Aber er war von Max' Idee, auf diese Insel zu siedeln, so angetan gewesen, dass er Shane und seine eigene Frau mit seiner spontanen Begeisterungsfähigkeit schon bald umgestimmt hatte.

Die Insel war in den Wintermonaten Toms und Max' ausschließliches Gesprächsthema gewesen. Beide saßen bis tief in die Nächte zusammen und planten, zeichneten und ließen ihren neuen gemeinsamen Wohnsitz vor ihrem inneren Auge entstehen. Sie waren beide begeistert von der Idee, nicht mehr allein zu wohnen. Außerdem bot die Insel mit ihrer Größe genügend Raum für mehrere Familien, um völlig autark zu leben und somit einen gewissen räumlichen Schutz gegen die Infiltration aus der Umgebung zu haben.

Über Monate hatte Tom von weit her Holzstämme gekauft und selbst herbeigeholt. Das Flößen des Holzes über die langen und zum Teil reißenden Wasserwege war er mit viel Freude angegangen. Er war endlich wieder einmal von zu Hause weggekommen. Die Wildheit und Unversehrtheit der Landschaft mochte er sehr. Aber die Arbeit war auch nicht ungefährlich gewesen. Ein Unfall Toms hatte ihre Pläne etwas überschattet und ihnen das Risiko ihres Lebens hier draußen in der Wildnis drastisch verdeutlicht. Tom war von einem glatten Stein am Ufer ausgerutscht und ins Wasser gefallen. Mit viel Glück hatte Ben ihn erst ein ganzes Stück weiter flussabwärts wieder herausgefischt. Tom hatte so manche Schrecksekunde in seinem Leben hinter sich gebracht. Aber in den eiskalten Fluten war sein Leben ohne Bens Hilfe keinen Pfifferling mehr wert gewesen.
Aber die drei Männer hatten sich ihre Zuversicht nicht nehmen lassen und als sie endlich ihre letzte Ladung an Stämmen auf der Insel gesägt und aufgeschichtet hatten, hätte man beinahe ein kleines Dorf daraus bauen können. Holz war hier ein teurer und seltener Rohstoff, den man gern im Vorrat hatte. Hätten die Männer geahnt, wie viele Menschen einmal auf dieser Insel zu Hause sein würden, hätten sie sich keine Gedanken über die weitere Verwendung gemacht.
Aber zunächst wurden es nur vier Häuser: Eines sollten Tom und Alisha bewohnen. Sie wollten noch Arnaq, eine junge Inuit mitbringen, die schon von Beginn an auf ihrem Hof als Gehilfin mitgearbeitet hatte. Ben und Cathreen sollten ebenso ein eigenes Haus bekommen wie Shane und Max selbst. Und schließlich entstand noch das Gemeinschaftshaus.
Als Max die langen Zimmermannsnägel ins Holz trieb, hatte er ein gutes Gefühl. Dies hier sollte seine dauerhafte Heimat werden, seine Trutzburg gegen eine verkommene Umwelt!

Cleveland, 2027

Outlook-Express – Klick
Adressbuch – Klick
Max – Klick
Cc: ...

Malachy zögerte. Grüße aus Cleveland oder so was Ähnliches ... Aber war es wirklich das, was er schreiben wollte? Schöne Grüße, gutes Wetter, dein alter Freund Mal. Nein. Für Smalltalk war Max nicht der Richtige. Außerdem mochte er selbst banales Gerede ebenso wenig.
Er hatte sich an den PC gesetzt, um endlich einmal seine peinigenden Gedanken loswerden zu können, um endlich einem anderen Menschen das zu sagen, was ihn nun schon so lange erregte, ohne dass er zu einem Ergebnis gekommen wäre.
Er hatte sich vor den eigenen Gedanken versteckt, hatte viel gearbeitet in der Klinik und sich endlos beschäftigt – lauter unbedeutendes Zeug – und war Abend für Abend todmüde ins Bett gefallen. Aber die Gedanken waren gekrochen gekommen, anfangs nur in Fetzen, stückweise. Dann aber in Zusammenhängen, die sich nicht mehr vertreiben ließen. Und schließlich quälende Stunden, die ihm keinen Ausweg mehr gelassen hatten.
Jetzt hatte er sich endlich vorgenommen, mit Max darüber zu sprechen. Sein Urteil über die Katastrophe hatte er sich eigentlich schon vor einiger Zeit gebildet. Aber was er nicht bewältigt bekam, das war sein eigenes Verhalten innerhalb dieser Katastrophe.
Susan liebte er über alles. Aber sie lebte in einer anderen Welt. Malachy bewunderte ihre Intelligenz und ihren Scharfsinn. Sie hatte den Bevölkerungsrückgang schon früher als er in seiner Tragweite durchschaut. Aber sie stellte diese Welt mit ihren Drahtziehern einfach nicht in Frage. Die Werteskala hatte sie von ihren Eltern übernommen. Vielleicht auch zu einem Teil von dem

gesellschaftlichen Umfeld und den Medien. Und diese Welt drohte auch jetzt nicht, aus den Fugen zu geraten. Sie fühlte sich darin geborgen und wollte das nicht gegen eine Wahrheit eintauschen, die ihr diese Sicherheit nehmen würde. Sie hatte all die kleinen Statussymbole, welche die Gesellschaft für so anerkennenswert hielt. Sie war zufrieden mit ihrem Leben, so wie es war, und wollte nichts daran ändern, auch nicht angesichts der drohenden Katastrophe. Einen Schritt weiter zu gehen und die eigene Verantwortung und den eigenen Standpunkt zu hinterfragen – diese Möglichkeit war für sie überhaupt nicht existent.
Malachy war mit dieser Frage bei ihr nur auf Unverständnis gestoßen. Nach mehrfachen Versuchen, die manchmal sogar im Streit geendet hatten, hatte er seine Bemühungen in dieser Richtung eingestellt. Sie war nicht der Gesprächspartner, den er für sein jetziges inneres Chaos brauchte. Dass Susan dann vielleicht auch nicht der richtige Lebenspartner war, wenn sie ihm in der jetzigen Situation nicht helfen konnte, so weit ging seine Infragestellung dann allerdings doch nicht. Für Malachy lieferte sie bis jetzt das Alibi, seine Lebensführung so beizubehalten, wie er es gewohnt gewesen war. Mittlerweile war er längst über seine ersten Selbstzweifel hinaus. Es gab Momente, da verachtete er sich, ja, er hasste sich für seine Feigheit, nicht das zu tun, wovon er in seinem Innersten überzeugt war. Aber er traute sich nicht, seine Beziehung zu Susan in Frage zu stellen.

Cc: News aus der alten Heimat von Mal

Entschlossen drückte er die Taste „Entf". Nein. Das war alles unehrlich. Er war an einem Punkt angekommen, an dem es so nicht mehr weiterging. Jetzt brauchte er Max. Max war der Richtige für diese Thema. Aufgeregt strichen seine Finger über die Tastatur.

Cc: Meine Gedanken über die Kinder-Katastrophe

Und dann schrieb er sich den ganzen Frust der letzten Monate und Jahre von der Seele. Nach einer kleinen Einleitung kam er zur Sache.

Die Kindergärten sind überall in den USA – wie mittlerweile wohl weltweit – geschlossen.
Die ersten vier Klassen der Grundschulen sind ebenfalls aufgelöst, weil es keine Anmeldungen mehr gibt. Die Arbeitslosenzahlen sind auf über fünfundzwanzig Prozent gestiegen, und fast im gleichen Maße ist die Kriminalität größer geworden. Du kannst dir vorstellen, wie es hier aussieht: eine Welt ohne Kinder und ohne deren Freude und Lachen. Stattdessen arbeitslose, frustrierte Erwachsene, die in ihrer Not rauben und morden.

Auch ohne Antwort wusste Mal, dass Max diese Neuigkeiten sicherlich kannte. Aber irgendwie musste er den Einstieg finden. Dann schrieb er von seinem großen beruflichen Erfolg. Er, Malachy Gibson, war ein geachteter Gynäkologe an der Universität von Cleveland geworden. Er hatte zahlreiche Veröffentlichungen gemacht und schrieb regelmäßig für mehrere Fachzeitschriften und auch für eine Wochenzeitung. Aber Malachy schrieb auch und vor allem von seinen verpassten Chancen, als anerkannter und geachteter Arzt öffentlich den Mund aufgemacht zu haben.

Ich habe schon vor zehn Jahren um die Zusammenhänge gewusst. Aber wir Ärzte hatten längst das Wohlergehen der Menschen aus den Augen verloren. Wir haben nur noch Teilbereiche des Menschen betrachtet, den Menschen als Funktionsbereich. Und natürlich war uns als Amerikanern die wirtschaftliche Seite immer besonders wichtig. Es gab genug warnende Stimmen, auch bezüglich der Gentechnik. Aber die Gier nach Fortschritt, nach immer neuen, immer noch besseren Möglichkeiten hat uns alle Bescheidenheit und Ehrfurcht vor unseren eigenen Grenzen vergessen lassen. Vielleicht hätte ich mit klaren, öffentlichen Äußerungen dazu beitragen können, diese Katastrophe ein wenig zu mildern. Ich glaube, ich habe eine große Chance in meinem Leben ungenutzt verstreichen lassen. Jetzt kommt mir alles andere so unwichtig vor. Ich wüsste gerne, wie es dir ergangen ist. Lass mal was von dir hören.

Mit vielen Grüßen, auch an Shane,

Dein Mal

Während Malachy noch sinnierte, schellte es. Er schreckte auf. Als er die Tür öffnete, schallte ihm das gewohnt laute und fröhliche Wiehern von Chuck entgegen.
„Hi, Mal! Bist du fertig?"
Während Malachy sich noch bemühte, in die Gegenwart zurückzukehren, hatte Chuck sich schon einen Orangensaft aus dem Eisschrank geholt und setzte sich an Malachys PC. Man konnte Chuck keine Neugierde oder Unhöflichkeit vorwerfen. Man konnte ihm bei seiner netten und fröhlichen Art einfach nicht böse sein, wenn er sich im Leben anderer mit seiner direkten und offenen Art breit machte. Aber Malachy passte das hier doch nicht so ganz.
„Du stehst noch in Kontakt mit Max?", fragte Chuck, nachdem seine Augen kurz über den Bildschirm geflogen waren.
„So etwas wie Privatsphäre oder Briefgeheimnis ist euch Journalisten scheinbar völlig fremd", zischte Malachy.
„Ach, du alter Knurrbeutel! Lass schon gut sein. Ich wollte dich nicht ausspionieren."
„Ich habe schon lange nichts mehr von Max gehört. Aber ich wollte ihm einmal meine Sicht der heutigen Lage schreiben und vielleicht hören, wie er darüber denkt."
„Wie der rote Max darüber denkt, ist uns beiden doch wohl sonnenklar. Er war vor zehn Jahren schon viel radikaler als wir."
„Du verstehst mich nicht, Chuck. Du hast deinen Job getan. Dir geht es nur darum aufzudecken. Du willst Neues liefern, Sensationen und Dinge, die den Menschen sonst nicht zugänglich sind.

Das hast du getan. Und du hast es gut getan. Mit deiner Arbeit bist du zufrieden. Aber ich kann meinen Job nicht mehr mit meinem Gewissen vereinbaren. Ich habe in meiner Arbeit Dinge getan, die ich nicht mehr richtig finde. Und das quält mich."
„Aber du hast mir sogar bei meiner journalistischen Arbeit geholfen!"
„Es gibt aber einen wichtigen Unterschied zwischen deiner Arbeit und meinen Sorgen: Du beurteilst deine Ergebnisse nicht. Es kommt nur darauf an, dass du etwas Neues schreibst. Ich hätte aber die Neuigkeiten der Genkatastrophe schon früher bekannt machen können, nicht weil sie neu waren, sondern weil sie für die Menschen wichtig waren."
Chuck hatte begriffen.
„Ich stehe für Neuigkeiten, du aber für deren Qualität und ihre Bedeutung für die Menschen."
„Nun tu bloß nicht beleidigt", meinte Malachy. „Lass uns lieber über den eigentlichen Grund unseres Treffens sprechen."
„O. K.", meinte Chuck. „Also: Termin war Mittwoch in 14 Tagen, Biotechnologisches Institut der Columbia University New York, korrekt?" Chuck blickte von seinem Miniaturblock auf.
„Ja, schreib noch dazu wo und wann: nämlich Saal drei, abends 19.00 Uhr."
„Vortragsveranstaltung mit dem Titel ...?" Er schaute Malachy fragend an.
„Stopp der Gentechnik – vollständig und sofort", antwortete Malachy.
„Wer ist geladen, und wer hält Vorträge?"
„Geladen sind neben jeder Menge Honoratioren hauptsächlich Studenten, Mitglieder von Ökostiftungen, Greenpeace etc."
Malachy wusste, dass Chuck diesen Artikel nur ihm zuliebe schreiben würde, aber selbst nicht sonderlich davon begeistert war. Er wollte und musste ihm noch ein Bonbon liefern. Und dazu holte Malachy jetzt aus.

„Wir werden außerdem noch zwei Beobachter vom CIA dabeihaben. Nachdem klar bewiesen ist, dass die USA, Israel und einige andere Länder von islamischen Fundamentalisten mit genveränderten Produkten der Ansanta-Reihe beliefert worden sind, sind die Geheimdienste natürlich mehr als neugierig auf die Meinungen der Wissenschaftler. Da die offizielle wissenschaftliche Lehrmeinung die Fehlerhaftigkeit der Gentechnik nicht gern eingesteht, wollen sie jetzt auf einmal auch die alternativen Standpunkte hören. Vor allem wollen sie was hören über mögliche Übertragungswege auf den Menschen, Sicherheitsrisiken, Nachweisbarkeit von Genveränderungen und so weiter und so fort. Und dazu werden sie jede Menge zu hören bekommen. Außerdem werden wohl mehrere Mitglieder der Demokratischen Partei dem anschließenden Symposium beiwohnen. Denn nächsten Monat stehen im Senat mehrere Entscheidungen zu diesem Thema an. Die Vorträge halten Macmahon von der Biotechnologie, ein Professor aus der Nuklearmedizin und meine Wenigkeit." Chuck pfiff leise durch die Zähne. „Nicht schlecht."
Malachy atmete erleichtert auf. Chuck hatte angebissen. Aber er sollte den Happen auch ganz schlucken.
„Ich habe die Vorträge der beiden anderen gelesen. Das Thema wird so serviert werden, dass du nachts noch Albträume haben wirst, aus lauter Angst, noch irgendetwas gentechnisch Verändertes zu essen."
„Nun übertreib mal nicht", warf Chuck ein. „Mit so einer überzogenen Darstellung werdet ihr die Leute auch nicht einfangen."
„Wir sagen nur die Wahrheit."
Chuck lachte laut auf. „Das sagen die anderen auch. Nein, Mal. Ihr müsst so durchschlagend überzeugend sein, dass die anderen euch folgen müssen!"
Mal nickte. Sie hatten sich verstanden. Und Mal hatte das Gefühl, dass er sich mit diesem Vortrag ein Stück auf den Weg begeben hatte, der sich in den letzten Tagen und Wochen für ihn abzuzeichnen begonnen hatte.

Nach weiteren fünf Tagen fand Malachy endlich eine Antwort von Max in seiner Mailbox.

Hi Mal,

danke für deine Post. Es tut gut, nach so langer Zeit mal wieder von einem alten Freund zu hören. Es tut einfach gut zu spüren, dass du mich noch nicht vergessen hast und du auch heute noch meinen Rat hören willst. Aus diesen zwei Sätzen kannst du sehen, dass nicht nur du die Anerkennung von anderen brauchst, sondern auch ich. Ich, von dem du vielleicht denkst, dass ich von der Meinung anderer weitgehend unabhängig bin, auch ich brauche diese Anerkennung. Wichtig ist nur, dass wir eine gewissenhafte Auswahl an Menschen treffen, deren Einschätzung wir achten. Es bleiben meistens nicht viele übrig.
Du gehörtest von jeher zu denen, deren Nähe und Gedanken ich immer zu schätzen gewusst habe. Lass dir deine vermeintlichen Fehler der letzten Jahre nicht zu nahe gehen. Vergiss sie aber auch nicht. Zieh deine Konsequenzen daraus und komm endlich zu den Jägern. Es gibt nur noch wenige davon. Komm, wenn du bereit bist, keine Bedeutung mehr zu haben, sondern für die Wahrheit das Maul aufzumachen und dafür geächtet zu werden. Komm, wenn du bereit bist, außerhalb der bürgerlichen Gemeinschaft zu stehen, du aber dafür du selbst sein darfst.
Die Welt steht am Abgrund, weil es nur noch wenige Jäger gibt, aber Sesshafte in Massen. Sie verteidigen ihre Besitzstände und ihren Status mit allen Mitteln, egal, ob die Welt dabei zugrunde geht oder nicht. Wenn du deine Statussymbole leid bist, wenn du es leid bist, dich täglich selbst zu verleugnen, nur um deine materiellen Güter und Vorteile zu verteidigen, dann gehörst du nicht mehr zu den Sesshaften.
Mal! Die wenigen letzten Jäger brauchen dich! Wir brauchen jede Hand und jedes Herz. Was gestern war, ist heute wurscht! Was du jetzt tust, ist von Bedeutung!
Übrigens, Shane und ich haben vor fünf Jahren unseren zweiten Sohn bekommen. Er heißt Raymond, so wie mein Vater. Insgesamt leben wir hier auf unserer kleinen Insel mit sieben Erwachsenen und vier Kindern.

Das jüngste Kind ist Doreen. Sie ist zwei Jahre alt und die Tochter von Ben und Cathreen. Natürlich sind wir sehr stolz auf diese Kinder. Aber ich möchte nicht, dass die Geburt dieser Kinder weiter verbreitet wird. In Zeiten wie jetzt, in denen keine Kinder mehr geboren werden, wird das Neid erwecken und uns einen Strom von neugierigen Menschen nach Sedna-Island bescheren, den wir nicht haben wollen und vielleicht auch nicht überleben würden. Wir versuchen uns – so gut es geht – autark zu ernähren und die äußeren Einflüsse zu vermeiden. Bisher scheint uns das auch ganz gut gelungen zu sein. Aber bei der totalen Kinderlosigkeit, die sich scheinbar überall durchgesetzt hat, empfinde ich das mittlerweile schon als Verpflichtung und Aufgabe. Eigentlich habe ich das nicht gewollt. Es setzt mich einem gewissen Druck aus. Ich wollte eigentlich mein eigenes Leben leben und möchte jetzt nicht die Verantwortung für Fehler übernehmen, die andere gemacht haben. Aber warten wir mal ab, was die Zukunft noch so bringt. Was macht eigentlich Susan? Bestell ihr ganz herzliche Grüße, und melde dich bald wieder.

Dein Max

Malachy war wie vor den Kopf geschlagen. Max hatte Kinder bekommen! Überall auf der Welt hatten die genverseuchten Nahrungsmittel die Geburtenrate auf den Nullpunkt getrieben. Aber Max hatte allen ein Schnippchen geschlagen.
Mal saß minutenlang wie erstarrt vor seinem PC. Wie Max jetzt wohl aussehen mochte? Mit seinen vollen, krausen, rot gelockten Haaren und seinen breiten Schultern hatte Chuck ihn immer als alten Iren verspottet. Aber dieser eigensinnige Ire hatte es geschafft, was Susan und ihm selbst vorenthalten geblieben war: Er hatte zwei Kinder bekommen.
Plötzlich kamen ihm Gedanken an seinen Vater in den Kopf. Sein Vater war Rabbiner gewesen und hatte oft in der Synagoge gesprochen. Zwei Sätze, die er immer wieder gesagt hatte, bekamen auf einmal eine ganz andere Bedeutung für Mal.

„Das Gericht Gottes wird über euch kommen, noch ehe ihr es erwartet. Es werden nur wenige sein, die das Gericht des Herrn überleben werden.“ Mal hatte über diese Sätze zwar nicht gelächelt, aber er hatte sie sicher auch nicht ernst genommen. Und jetzt? Sollte Vater Recht behalten? Susan und er gingen schon lange nicht mehr in die Synagoge. Aber sollte ausgerechnet ein Nichtjude wie Max zu den wenigen Auserwählten gehören?
Malachy schüttelte sich. Es war billig, nachdem er viele Jahre ohne den Glauben ausgekommen war, in der jetzigen Situation wieder an Gott zu denken und von dort Hilfe zu erwarten. Nein. Er wollte aus dem, was in ihm steckte, selbst noch etwas herausholen. Er wollte sich noch nicht geschlagen geben. Sonst wäre seine Selbstachtung völlig dahin gewesen.
Als er nach einer Stunde aufstand, um Susan von der Bank abzuholen, lag ein entschlossener Ausdruck auf seinem ansonsten eher unscheinbaren, fahlen Gesicht. Es gab für ihn noch etwas zu tun. Er hatte bisher den falschen Göttern gedient und wusste nun endlich, was in Zukunft seine Aufgabe war.

Sedna-Island, 2031

Max stand am Strand. Der kühle Herbstwind umwehte ihn. Über die feinen roten Äderchen in seinem braun gegerbten Gesicht liefen große, salzige Tränen. Sie kamen einzeln, aber unaufhaltsam. Jetzt tropften die ersten an seinen Wangen ab und fielen auf die rosig zarte Haut seiner kleinen Tochter. Dass er sie im Arm halten konnte und sanft wiegen durfte, grenzte für ihn immer noch an ein Wunder. Die wunderschönen, wachen Augen, die ihn anblickten, ließen all die schönen und furchtbaren Momente der letzten Jahre an ihm vorbeiziehen.
Er dachte daran, wie sie vor neun Jahren im Herbst auf ihre Insel gezogen waren. Shane war hochschwanger gewesen. Und auch Alisha hatte am Anfang ihrer ersten Schwangerschaft gestanden.
In vier Monaten hatten sie die herrlichen Blockhäuser fertig gestellt. Voller Stolz sah er auf die kleine Siedlung. Die Häuser waren stabil und gut isoliert. Die Inuit hatten diese Insel Sedna genannt, und so hatten Max und die anderen diesen Namen für ihre Siedlung einfachheitshalber übernommen.
Um es ein Paradies zu nennen, dafür war es im Winter einfach zu kalt und zu hart, und die Sommer waren zu kurz. Aber sie fühlten sich alle hier zu Hause und sicher vor den Einflüssen der Umwelt. Als Raymond, sein zweiter Sohn, geboren worden war und dann auch noch Daniel, der Sohn von Alisha, da war Leben auf ihre Insel gekommen.
Bei ihrem Umzug nach Sedna hatten sie Arnaq, die Gehilfin von Tom und Alisha mit auf die Insel genommen, weil die Erwachsenen oft unterwegs oder zumindest beschäftigt waren, und die Gefahren für die Kinder durch das Eis, das Wasser und die übrige Natur nicht gering waren. Die schlechte ärztliche Versorgung in ihrer Umgebung hatte Alisha dazu bewogen, den Menschen als Krankenschwester ihre Hilfestellung anzubieten. So war sie ständig

unterwegs gewesen wie auch Shane, die oft mit dem Boot bis Ontario fahren musste, um ihre Handelsgeschäfte abzuschließen.
Arnaq war mit ihrer Aufgabe gewachsen: vom Kindermädchen zur Köchin für alle, zur Verwalterin der Essensvorräte und schließlich zum guten Geist von Sedna-Island und zum Ansprechpartner nicht nur für die Kinder. Cathreen und Ben hatten den Garten unter ihre Fittiche genommen, sammelten auf dem Festland Nüsse, Beeren und Kräuter und halfen Shane beim Tauschen und beim Einkauf.
Max und Tom waren für das Fischen und die Jagd zuständig. Max wollte diesen Teil der Arbeit unter gar keinen Umständen abgeben. Wenn er das Haus verließ, um zum Fischen zu gehen, dann war er ganz am Ziel seiner Wünsche: die Einsamkeit des Horizonts und die ungebrochene Freiheit der Flüsse und des Eises ließen sein Herz jedes Mal höher schlagen. Im Winter, wenn es außer der Jagd nicht viel für ihn zu tun gab, hatte er angefangen, mit seinem Hundeschlittengespann an den zahlreichen Rennen in der weiteren Umgebung teilzunehmen.
„Ich brauche mehrere neue Hunde“, hatte er zu Tom gesagt. „Vier sind das Mindeste. Aber ein Zwölfspänner wäre mein Traum. Sie müssen zäh und kräftig sein.“
Tom verstand sich seit Jahren auf die Hundezucht. So konnte Max sein Hundegespann jedes Jahr verbessern und vergrößern. Dass er mittlerweile schon einen hervorragenden Ruf als Musher* hatte, war ihm egal. Ihn begeisterten einfach nur die Fahrt hinter dem Hundeschlitten und der Kampf seiner Hunde gegen die Natur. Aber auch der Faszination der großen Hunderennen konnte er sich nicht entziehen.
„Meinst du, wir könnten ein Gespann zusammenbekommen, das am Rankin-Inlet-Memorial mitmachen kann?“ Tom grinste nur, als Max ihm eines Tages diese Frage stellte.

* Hundeschlittenführer

„Das Rankin-Race ist eines der schwersten Hunderennen der Welt. Das ist das Größte für jeden Musher", meinte Tom. „Ich habe schon lange auf diese Frage gewartet. Aber die wenigsten schaffen es, sich dafür zu qualifizieren, das weißt auch du. Es wäre aber sicher ein reizvolles Ziel."
Genauso wie sie vor dem Umzug nach Sedna monatelang nichts anderes als ihre neue Siedlung im Sinn gehabt hatten, so war im letzten Winter das einzige Gesprächsthema das große Schlittenhunderennen gewesen. Aber in ihren Gesprächen war Max schnell klar geworden, dass es wohl noch einige Winter brauchen würde, bis ihre Hunde so weit waren, hierbei bestehen zu können.

Unbewusst lenkte Max seine Schritte jetzt zur Nordspitze der Insel. Er wollte dem kleinen Kind in seinem Arm zum ersten Mal die Insel zeigen. Als er an den drei großen Findlingen ankam, blieb er stehen. Als sein Blick über die Steine hinweg auf das offene Wasser glitt, glaubte er, Shane sprechen zu hören. Ihre Augen suchten seine, und er konnte ihrem Blick nicht ausweichen. „Max, ich liebe dich. Meine Gedanken werden immer bei dir sein. Aber das Leben muss weitergehen. Sonst wirst du dein Ziel nicht erreichen."

Sie hatte ihn früh morgens im Bett geweckt. Ihr Arm war dick geschwollen und heiß. Acht Tage zuvor hatte sie sich beim Reinigen und Gerben ihrer neuen Felle mit einem Schaber eine tiefe Fleischwunde zugefügt. Max hatte sie desinfiziert und täglich einen neuen Verband mit einer antibiotischen Salbe gemacht. Aber trotz Desinfektion hatte sich die Wunde entzündet. Die Arbeit mit den Fellen war nicht besonders hygienisch. Es wimmelte meist nur so vor Keimen, und die waren offensichtlich tief in die Wunde hineingeraten. Die Ränder hatten angefangen, sich zu röten. An jenem Morgen war Shane wach geworden und hatte sofort die Hitze in ihrem Arm gespürt. „Ich rufe Alisha", sagte Max noch etwas schlaftrunken. Aber Alisha hatte nur den Kopf geschüttelt.

„So eine heftige Sepsis habe ich lange nicht gesehen. Sie muss sofort ein Antibiotikum schlucken und am besten zu einem Arzt."
Mit den wichtigsten Medikamenten für den Notfall waren sie auf Sedna schon ausgerüstet. Alisha hatte bald das richtige zur Hand. Allerdings hatte Shane einen empfindlichen Magen und so war die Tablette nach kurzer Zeit wieder draußen.
„Ich werde langsam unruhig", meinte Max zu Alisha. „Ich glaube, ich fahre besser mit Shane nach Churchill zum Arzt."
„Ja, ich finde das auch richtig. Dann habt ihr zwar noch eine lange Fahrt vor euch. Die tut der Wunde bestimmt nicht gut. Aber dann bist du mit Shane wenigstens auf der sicheren Seite."
Max wartete nicht lange. Er packte schnell das Wichtigste für Shane und sich in einen Rucksack und setzte dann mit Shane im Motorboot über ans Festland. Dort hatte Tom in seinem alten Haus immer noch seinen Jeep und manches andere an Vorräten stehen, was sie nicht auf der Insel brauchten. Gegen 11.00 Uhr konnten sie endlich abfahren.

Die fünfundsiebzig Meilen bis Churchill kamen ihnen diesmal endlos lange vor, und Shanes Zustand schien sich immer weiter zu verschlechtern. Die Tabletten, die Max ihr zwischendurch noch einmal gab, behielt sie überhaupt nicht bei sich. Selbst der Kräutertee von Alisha kam postwendend wieder zurück.
„Manitoba ist kein Land für Autos", meinte Max, um mit Shane ein wenig zu sprechen und die Zeit zu verkürzen. „Ich wäre froh, wir hätten in Sedna bleiben können", antwortete Shane. „Ach, Max! Es geht uns so gut in Sedna. Ich habe Angst, dass irgendwann einmal ein Unglück über uns hereinbricht." Sie zögerte, weiterzusprechen. „Ich weiß nicht, ob wir mit so etwas zurechtkommen können. Bisher hat immer alles zu gut geklappt. Wir sollten auch mal mit Rückschlägen rechnen und lernen, damit klarzukommen."
„Vielleicht hast du Recht", antwortete Max. „Wir könnten, wenn wir wieder zu Hause sind, einmal verschiedene Notfälle durchspre-

chen. Zum Beispiel reicht unsere Hausapotheke für deine jetzige Blutvergiftung einfach nicht aus. Eine Infusion hätte uns da schon besser geholfen."

„Wenn Alisha einmal bei dem Doktor in Churchill für zwei Monate hospitieren könnte, würde sie uns sicherlich in den meisten Fällen den Doktor ersparen können."

„Eine super Idee", meinte Max und sah sie prüfend von der Seite an. Er machte sich längst mehr Sorgen, als er sich anmerken ließ. Shane zeigte jedoch keinerlei Angst oder Sorge, außer dass sie immer schlechter aussah.

Langsam näherten sie sich den Außenbezirken von Churchill. Viele Häuser lagen weit verstreut um den eigentlichen Ortskern rundherum. So brauchten sie noch eine Weile, bis sie das kleine Haus des Doktors erreicht hatten. Als Max den Wagen verlassen hatte, merkte er, dass Shane sitzen blieb. Sie wartete, bis er ihr die Türe aufmachte und ihr ins Haus half. Eine ältere Frau kam ihnen an der Tür entgegen.

„Guten Tag. Kann ich euch helfen?"

Eine Antwort bekam sie nicht mehr. Es gelang ihr gerade noch, unter Shanes' Arme zu greifen, bevor diese in sich zusammensackte. Max und die Frau trugen Shane ins Haus, wo sie sie auf der nächsten Couch nieder legten.

„Sie hat eine Blutvergiftung und braucht dringend den Arzt", sagte Max. „Ich bin übrigens Max Pressley, und das ist meine Frau Shane."

„Freut mich. Ich heiße Ann." Die Frau machte ein ernstes Gesicht.

„Ich weiß nicht, ob ich euch helfen kann. Der Arzt ist mein Mann. Er ist heute Morgen früh zu mehreren Hausbesuchen aufgebrochen. Ihr könnt euch denken, dass das viel Zeit in Anspruch nehmen kann. Wenn ihr Glück habt, kann er heute Abend wieder zurück sein. Aber sicher ist das nicht. Manchmal übernachtet er

auch da, wo er hingerufen wird. Je nachdem, wie weit es entfernt ist."
Shane war schon so apathisch, dass sie alles über sich ergehen ließ. Aber Max spürte, wie die Angst um Shane sich seiner bemächtigte. Zum ersten Mal dachte er an die Möglichkeit, dass Shane sterben könnte.
„Aber wir müssen doch etwas tun können!" Max' Stimme war jetzt eindringlicher als vorher. „Gibt es denn keinen anderen Arzt hier?"
„Nein, wir haben nur zwei Krankenschwestern, die einen Teil der Aufgaben übernehmen, wenn mein Mann nicht da ist", antwortete Ann. „Aber ich kann versuchen, ihn zu erreichen. Er hat ein Handy bei sich."
„Bitte, versuchen Sie es. Und vielleicht können wir eine Krankenschwester rufen?"
Die Kraft und Entschlossenheit, die Max sonst auszeichnete, war verschwunden. Seine Stimme war bittend und sorgenvoll. Selbst Ann, die ihn nicht näher kannte, sah die Angst in seinem Gesicht.
„Jetzt beruhigen Sie sich erst einmal. Messen Sie Ihrer Frau erst einmal Fieber. Hier ist das Thermometer. Dann machen Sie ihr ein paar kalte Umschläge. Lappen sind hinten in dem Schrank. Ich telefoniere inzwischen."
Der entschlossene Auftritt der alten Frau gab Max etwas von seiner Ruhe wieder, und so machte er sich an die Arbeit. Als er nach einigen Minuten wieder auf das Thermometer schaute, wollte er es kaum glauben. Shane hatte bereits einundvierzig Grad Fieber und starrte ihn aus glasigen Augen an. Eilig holte er die nassen Lappen.

„Vater, hast du wieder unsere Abmachung vergessen? Du wolltest mich jeden Samstag zur Fischhalle mitnehmen! Warum denkst du nie daran?" Shane fantasierte.
Max setzte sich neben sie und sprach mit ihr. Er legte ihr die kalten Lappen um die Beine und auf die Stirn. Nach ein paar Minuten kam Ann ins Zimmer zurück.

„Hier ist Robert am Handy. Am besten Sie sprechen selbst mit ihm." Sie reichte ihm das Handy.
„Max Pressley."
„Dr. Henderson."
„Wo stecken Sie gerade? Wann könnten Sie wieder hier sein? Meine Frau hat eine schwere Blutvergiftung und muss dringend behandelt werden!" Max merkte, dass seine Stimme fordernd klang. Es mochte unpassend sein, aber er hatte sich nicht besser in Gewalt.
„Ich bin derzeit etwa fünf Autostunden von Ihnen entfernt und muss noch zwei Patienten besuchen, die mich auch dringend brauchen. Aber schildern Sie mir doch erst einmal ganz genau die Symptome Ihrer Frau. Vielleicht kann ich Ihnen ja trotzdem helfen."
Max bemühte sich, mit ruhiger Stimme dem Doktor die nötigen Infos durchzugeben.
„So wie Sie es schildern, ist es tatsächlich eine Blutvergiftung. Ich werde jetzt unsere Krankenschwester anrufen. Sie wird Ihrer Frau so schnell wie möglich eine antibiotische Infusion anlegen. Und dann müssen wir sowieso abwarten. Spätestens morgen Mittag bin ich zurück. Vorher können wir ohnehin keine Wirkung von der Infusion erwarten."
Max sah ein, dass ihm nichts anderes übrig blieb, als abzuwarten.

Gegen vier Uhr traf die Krankenschwester ein, legte die Infusion an und forderte Max auf, regelmäßig kalte Umschläge zu machen. Dann verschwand sie wieder. Max setzte sich neben Shane in den Sessel. Die Gedanken, die jetzt vor seinem inneren Auge vorbeizogen, waren von Angst und Sorge geprägt. Um sie zu verscheuchen, begann er in seiner Verzweiflung, die Tropfen im Tropfenzähler der Infusionsleitung zu zählen. Eine bleierne Stille lastete nun auf diesem Zimmer, die nur von Shanes' Phantastereien unterbrochen wurde. Nach Stunden gewann Max den Eindruck, dass Shane etwas ruhiger wurde. Ihr Blick, der sich die letzten Stunden im Lee-

ren verloren hatte, richtete sich endlich wieder auf seine Augen. Er trocknete ihr Gesicht ab und erwiderte ihren Blick.
„Max, ich liebe dich. Meine Gedanken werden immer bei dir sein. Aber das Leben muss weitergehen, sonst verlierst du dein Ziel aus den Augen."
Max' Herz schlug wie wild vor Aufregung. Er versuchte, sie mit Worten zu beruhigen und drückte ihre Hand. Aber erst nach einiger Zeit merkte er, dass ihr Blick völlig unverändert geblieben war – sie starrte ihn nur noch an. Shane war gestorben.

Max setzte sich auf die Findlinge, die Shanes' Grab bedeckten. Die Erinnerung überwältigte ihn. Das Leben war weitergegangen. So wie Shane es gewollt hatte. Jetzt trug er dieses neue Leben auf seinem Arm.
Eve fing an zu quengeln. Der Hunger schien langsam größer zu werden. Dann sah er Arnaq kommen.
„Max, wolltest du Shane mit unserem Kind besuchen?"
Er nickte nur.
„Ist es immer noch so schwer für dich?"
„Ich habe sie nie vergessen. Aber die Traurigkeit hat einer wunderbaren Erinnerung Platz gemacht. Und heute sind meine Gedanken nach vorn gerichtet."
Drei Jahre hatte es gedauert, bis Max die Trauer hinter sich gelassen hatte. All die Zeit war Arnaq nur da gewesen. Sie hatte ihm die Hand gereicht, die er schließlich genommen hatte und die ihn ins Leben zurückgeführt hatte. Shanes' letzter Wunsch war jetzt ganz in Erfüllung gegangen. Durch die kleine Eve, die Arnaq geboren hatte, ging das Leben wieder weiter. So erblickte fast fünfzehn Jahre nach Ausbruch der Fruchtbarkeitskatastrophe in Sedna-Island ein Mädchen das Licht der Welt. Es war ein Triumph über die Vergehen der Menschen gegen ihre eigene Bestimmung. Einer der wenigen weißen Flecken, die es weltweit noch auf dem blauen Planeten gab, hatte mit ihm entstehen können. Ob er ausreichen würde, die Welt zu retten?

Rankin Inlet, März 2047

Die kalten Ostwinde trieben Tom und Max den Schnee ins Gesicht. Es war noch früh im Jahr, und der größte Teil des Lebens spielte sich hier in Novanut noch in den Häusern ab. Flüsse und Seen waren noch fest zugefroren, und der Schnee und die Kälte ließen draußen noch keine Arbeit zu.
Tom und Max standen bei ihrer Hundemeute und versuchten, Ordnung in das Durcheinander von Hundebeinen und Leinen zu bringen. Max sortierte die Gespannleinen, und Tom kümmerte sich um die Hunde. Auf den Gesichtern der beiden Männer war eine gewisse Anspannung nicht zu übersehen. Aber es war keine Sorge darin zu finden, sondern die Spannung, die einen vor einer großen Aufgabe überkommt.

„Hi Max, hi Tom“, rief eine raue Männerstimme vom nahe gelegenen Blockhaus herüber. Die beiden drehten sich um. „Schön, dass der Schlitten aus Sedna-Island diesmal auch dabei ist.“
„Das ist Inulik“, meinte Tom zu Max.
„Hi Inulik!“, riefen die beiden. „Wenn wir die Hunde fertig eingespannt haben, kommen wir mal rüber zu dir“, rief Tom.
Es gab immer ein großes Hallo und viele Begrüßungen, wenn die Hundeführer sich zu einem Schlittenhundrennen trafen. Die meisten Musher kannten sich gut untereinander. Da seit vielen Jahren kaum noch neue, junge Gespannführer dazugekommen waren, sah man bei den Rennen oft die gleichen Gesichter.

Inulik, ein kleiner, drahtiger Inuit, kam aus Alaska. Bei den kleinen, regionalen Hunderennen sah man ihn selten. Aber auf großen und bedeutenden Rennen wie hier in Novanut war er wie zu Hause. Er war sicherlich schon über fünfzig Jahre alt und galt jetzt schon als einer der ganz Großen in der Musherszene. Max kannte ihn erst, seit er mit seinen Hunden schneller geworden war und die größeren Rennen besuchen konnte. Inulik hatte ihm anfangs viele Tipps gegeben und sogar mehrfach einen Hund ausgeliehen. Aber auf der Piste war er ein gnadenlos harter Gegner. Nicht, dass er unfair gewesen wäre; aber wenn er auf den Kufen seines Schlittens stand, hatte man das Gefühl, dass er der dreizehnte Hund hinter seinem Zwölfspänner war, voller Wildheit und unbändiger Kraft. So waren Max und Tom durchaus stolz, von ihm begrüßt zu werden.

„Eure Hunde sehen stark und kraftvoll aus. Ich glaube, ich muss ein Auge auf dich halten, Max“, meinte er mit einem freundlichen Lachen.

Inulik wusste, dass Tom für die Hundeaufzucht verantwortlich war, Max aber den Schlitten lenkte. Max wehrte bescheiden ab.

„Ich bin froh, wenn ich das Ziel erreiche. Mit den ersten Plätzen werde ich wohl kaum etwas zu tun haben.“

In der Tat war das Rankin-Inlet-Memorial nicht nur eines der letzten, bedeutenden Schlittenhunderennen der Welt, es war mit Sicherheit auch eines der härtesten. Hier fand nicht nur ein Hunderennen statt wie zum Beispiel das berühmte Yukon Quest, das über mehr als tausend Meilen führte. Beim Rankin-Race mussten die Fahrer ihre Strecke selbst finden. Nichts war vorbereitet wie bei anderen Rennen. Es gab keine Streckenposten, keine präparierten Spuren und keine Absperrungen. In einer Zeit, in der die Menschen nicht mehr so mobil wie noch vor zwanzig Jahre waren und andere große Hunderennen wegen des enormen Aufwandes nicht mehr durchgeführt werden konnten, bot das Rankin-Race eine gute Alternative. Die Orientierung zu behalten und mit jedem Wetter zurechtzukommen, waren die Herausforderungen, die dieses Rennen von den anderen unterschied. Wer abends seinen Kontrollpunkt nicht erreicht hatte, musste auch schon mal im Freien übernachten. So konnten die Musher, die hierbei bestanden hatten, über das Yukon-Quest nur noch als Sonntagsspazierfahrt lächeln.

Der Sieger brauchte oft mehr als vierzehn Tage für die zirka achthundert Meilen, die Letzten kamen manchmal erst nach über drei Wochen ans Ziel. Aber es war nicht nur das Auf-sich-selbst-Gestelltsein, was das Rennen so schwer machte. Die Kälte und die Einsamkeit zehrten so an den Kräften der Hunde und der Musher, dass sogar ganze Gespanne vermißt blieben und Hunde und manchmal sogar ein Musher dabei den Tod fanden. So gab es vorher eine Art Qualifikation der Gespanne, damit nur solche antreten konnten, die diesen Strapazen auch gewachsen waren. Wer hier antrat, musste ein ganzer Kerl sein und sich in der Arktis auskennen.
Tom und Max waren zufrieden und stolz, es überhaupt bis hierhin geschafft zu haben. Es galt als eine Ehre und als ein Zeichen von besonderer Qualität, an diesem Rennen teilgenommen zu haben. Als das Signal zum Start erschallte, bot sich den Zuschauern ein berauschendes Bild: Aus einem unübersehbaren Gewimmel an Hunden und Menschen formten sich langsam kleinere, sich windende Schlangen, die dann in eine immer größere Ordnung mündeten, als sie von den verschiedenen Orten in Richtung Startlinie zogen. Der heiße Atem der vielen Hunde lag wie ein feuchter Morgennebel über dem Platz. Die Hunde spürten die Aufregung und das Nahen des Starts, und mit ihrem Bellen und Gejaule trieben sie die gespannte Erwartung dem erlösenden Beginn entgegen. Und dann waren sie auf der Bahn. Nach den ersten Meilen löste sich die Anspannung auf, und man konnte den herrlichen, raumgreifenden Lauf der Hunde bewundern, wie sie mit Freude und scheinbarer Leichtigkeit den Horizont erreichten.

Am ersten Tag war nur eine Strecke von fünfundvierzig Meilen zu bewältigen. Es war eine Art Aufgalopp für die kommenden Wochen. Die Hunde schafften normalerweise bei gutem Wetter und vorgezeichneter Wegstrecke ohne weiteres bis zu hundert Meilen am Tag. Aber hier in Rankin waren es nicht mehr als sechzig, da

die Musher sich selbst im unwegsamen Gelände ihren Weg suchen mussten.
Ab dem zweiten Tag gab es keine gemeinsame Tagesankunft mehr. Die Gespanne mussten lediglich die Kontrollpunkte passieren. Eine Zeiteinteilung oder bestimmte Streckenabschnitte waren nicht vorgesehen.
So war Max froh, am zweiten Abend den Kontrollpunkt zu erreichen. Einige der besonders guten Gespanne waren aber bereits früher hier gewesen und dann schon weitergefahren. Wer die Nacht bei einem Kontrollpunkt bleiben konnte, hatte es natürlich wärmer und bequemer in einem der Quartiere. Aber im Laufe des Rennens mussten die meisten doch einige ihrer Übernachtungen im Freien verbringen.

Max hatte sich vorgenommen, abends – wenn irgend möglich – in den Quartieren zu nächtigen. Selbst wenn er zeitig an einem Kontrollpunkt ankommen sollte, hatte Tom ihm geraten, dort zu bleiben. Allein schon der Hunde wegen. Er sollte sie nicht überfordern. Aber schon am vierten Tag kam er in einen heftigen Schneesturm und damit war sein Plan bereits frühzeitig durchkreuzt: Er konnte unmöglich weiterfahren, um den Kontrollpunkt zu erreichen. Die Gefahr, die Richtung zu verlieren, war einfach zu groß.
Die Inuit hatten von Kindesbeinen an gelernt, ein Iglu zu bauen. Zwar wohnten heute fast alle in festen Häusern, aber die Jagd und die alten Sitten waren zu einer oft geübten Freizeitbeschäftigung geworden. Max hatte sich seine Kenntnisse in diesen Dingen von Tom und Ben abgeguckt. Auf ihren Jagdausflügen und wenn sie zum Fischen gegangen waren, hatten sie oft mehrere Tage draußen übernachtet. Sie hatten dann Iglus gebaut und von den Tieren gelebt, die die Natur ihnen bereitgestellt hatte.
Max wusste, dass er ohne Iglu keine Chance hatte, die Nacht zu überleben. Ein Zelt war sicherlich schneller aufgebaut, aber gegen die Härte eines solchen Schneesturms ein viel zu geringer Schutz.

Max war auch für diesen Fall richtig ausgerüstet und machte sich sofort an die Arbeit. Trotzdem war die Situation anders als sonst. Diesmal war er allein, ohne die Hilfe der zwei anderen. Zwar kannte er alle Handgriffe und wusste genau, was er zu tun hatte. Trotzdem beschlich ihn eine heimliche Sorge. Was war, wenn er sich verletzte, sich ein Bein brach? Was, wenn er krank würde oder ihn die Kräfte verließen? Max spürte, wie schon nach wenigen Tagen des Alleinseins in der weiten, öden Landschaft die Gedanken anfingen zu kreisen, wie sein Kopf frei wurde für Überlegungen, die ihm sonst nie gekommen waren.

Max stach mit seinem Spaten weiter in den festen Schnee. Er musste kleine Quader herstellen, die aufeinander gebaut sein Schutz gegen die Kälte und die Nacht sein sollten. Aber der waagerecht fliegende Schnee machte ihm die Arbeit mehr als schwer. Sein Gesicht war größtenteils schneebedeckt. Er konnte die abgestochenen Schneeblöcke kaum noch erkennen. Max schichtete die Blöcke aufeinander. Das halbe Iglu war fertig. Aber es hatte ziemlich lange gedauert. Der Sturm hatte ihm fast doppelt so viel Zeit abgenötigt wie er normal gebraucht hätte. Er musste sich beeilen. Diesmal war es anders als sonst mit Tom und Ben. Diesmal war es kein Vergnügen. Es war Ernst, und es ging ums Überleben.
Die Hunde hatten sich zusammengekauert und verhielten sich völlig ruhig. Für sie war diese Situation nicht neu, da sie immer im Freien lebten. Sie waren nicht das Problem. Nein! Das Problem, falls es eines gab, lag bei ihm selbst!
Max richtete sich auf und stieß den Spaten erschöpft in den Boden. Am liebsten hätte er sich selbst geohrfeigt. Hatte er sich dieses Rennen nicht so sehr gewünscht und herbeigesehnt? Er hatte es selbst gewollt, diesen Kampf, nicht gegen die anderen, sondern gegen sich selbst und gegen die Natur. Und jetzt fing er schon am vierten Tag an zu schwanken. Hatte er sich zu viel vorgenommen?
Aber dann durchzuckte es Max. Es war nicht sein Körper, der nicht mehr konnte und auch nicht sein Wille. Seine Gedanken

begannen, ihm einen Streich zu spielen. Die Einsamkeit hier draußen in der Wildnis war etwas anderes, als zu Hause auf Sedna zu sein. Die Geborgenheit und Sicherheit des eigenen Hauses und der Familie fehlten hier und ließen ihn völlig ungeschützt dastehen. Kälte und Sturm beherrschten alles. Max ahnte: Wer hier nicht Herr seines Willens und seiner selbst war, der hatte keine Chance gegen diese entfesselte Natur.
Und dann packte er den Spaten. Der Schnee flog links und rechts nur so weg, das Iglu wuchs und schloss sich und als Max schließlich hineinkroch und seine neue Unterkunft von innen betrachtete, ballte er die Faust und stieß einen Siegesschrei aus. Jetzt fing das Rennen für ihn erst richtig an. Er hatte der Herausforderung ins Auge gesehen!

Draußen war es fast minus dreißig Grad Celsius, und der Sturm heulte. Nachdem Max die Hunde gefüttert hatte, schob er sein Gepäck ins Innere des Iglus und kroch dann selbst hinein. Als Erstes wollte er seinen Standort noch einmal neu bestimmen und dann die Reiseroute für den morgigen Tag planen.
Als er die kleine Steinlampe mit Robbenöl füllte, dachte er mit einem tiefen Seufzer an die Zeiten zurück, in denen Batterien und Taschenlampe ihm das Leben noch erleichtert hatten. Diese und andere Luxusartikel waren nur noch selten und wenn, dann nur für hohe Preise erhältlich. Aber die altmodischen Steinlampen hatten auch ihre Vorteile. Sie gaben nicht nur Licht, sondern auch Wärme und etwas Behaglichkeit. Außerdem war Robbenöl im Überfluss und billig erhältlich.
Max breitete seine Isomatten und mehrere Seehundfelle darüber aus und schlüpfte in seinen Schlafsack. So lag er da und starrte die weiße Decke seines Iglus an. Er wusste nicht, ob er seine Lage nun gut finden sollte oder ob es eher ein bisschen verrückt war, sich freiwillig in eine solche Situation zu begeben. Wo gehörte er eigentlich hin? Die Verbindung zu seiner eigentlichen Heimat und seinen Verwandten in Cleveland war längst zerrissen. Er gehörte

nicht mehr zu ihnen. Diese Lebensform hatte er bewusst verlassen und weinte ihr auch keine Träne mehr nach. Aber ein Einheimischer war er hier auch nicht geworden.
Die Inuit waren ihm durch Arnaq natürlich sehr vertraut. Er liebte Arnaq sehr, und sie verstanden sich gut. Inuktitut, die Sprache der Einheimischen, hatte er durch sie perfekt sprechen gelernt. Aber trotz allem fühlte er sich nicht wie einer von ihnen. Er kam sich doch immer noch etwas fremd vor, wenn er ausschließlich unter ihnen war.
Dennoch war das Land längst zu seiner Heimat geworden, in der er sich wohl fühlte. Die Zuwanderer, die hierher kamen, um einige Monate oder Jahre zu bleiben, mochte er nicht. Sie lebten von dem Land, beuteten es aus und zogen dann mit ihren Familien weiter. Diejenigen wie er, die in diesem Land bleiben wollten, nahmen nur das, was auch in einem angemessenen Zeitraum wieder nachwachsen würde.
Aber selbst bei den meisten Inuit waren diese Gedanken über die Erneuerbarkeit der Ressourcen und die Achtung vor dem, was die Natur anbot, nicht mehr überall vorhanden. Früher hatte sich ein Inuit noch bei dem Tier bedankt, das er getötet hatte. Er hatte gedankt, dass es ihm sein Leben und sein Fleisch schenkte. Mit den modernen Jagdmethoden hatten die Tiere keine Chance zu entkommen. Rücksichtslos wurden sie bis auf das letzte Stück geschossen. Respekt vor dem, was die Natur schenkte, oder Maß halten für das, was man wirklich brauchte, gab es kaum noch.
Mit Echolot und Schneemobil fuhren sie heute auf die Jagd. Sie verständigten sich mit Handys, wenn einer von ihnen eine Seehundkolonie gesichtet hatte. Eine Jagd, für die ihre Großväter noch drei Wochen benötigt hatten, erledigten sie heute mit diesen Hilfsmitteln in drei Stunden. Walrosse wurden nur als Trophäen gehandelt. Bei Seehunden waren die Inuit auf die Felle aus. Aber das Fleisch von beiden Tierarten wurde kaum gegessen. Meistens wurde es ins Meer zurückgeworfen. Ethische Bedenken hatten die

wenigsten beim Abschlachten der Tiere. Der Mythos vom naturnahen, edlen Inuit war längst überholt.
Nein, dachte Max. Diese Menschen sind längst Fremde in ihrer eigenen Heimat geworden. Es kommt nicht darauf an, was diese Einheimischen über mich denken. Nein, das ist es nicht, was darüber entscheidet, ob ich hier zu Hause bin oder nicht. Es ist nicht wichtig, ob du die gleiche Hautfarbe hast wie sie, ob du aus diesem Land stammst. Du kannst hier geboren sein und trotzdem anders leben als es zu diesem Land passt. Dann bist du auch hier nicht in der Heimat, dann hast du auch hier nicht deine Mitte und deinen Ort. Wenn das Land so ist wie du selbst, wenn du den Rhythmus der Landschaft noch in dir fühlen kannst und er ähnlich klingt wie dein eigener – dann bist du zu Hause. Und deshalb liege ich hier und fühle mich wohl, deshalb bin ich hier, in diesem verflucht kalten Iglu und auf Sedna zu Hause. Max zog die Felle enger um sich und der heulende Sturm begleitete ihn in den Schlaf.

Am nächsten Morgen empfing Max ein strahlend blauer Himmel, als er aus seinem Iglu krabbelte. Der Schnee glitzerte wie mit Tausenden von Diamanten besetzt, und keine einzige Spur unterbrach dieses unendliche weiße Tuch. Es war einer der Momente, in denen Max die besondere Weihe spürte, die über dieser Landschaft lag. Seine Hunde ließen ihm aber keine Zeit, diesen Augenblick länger auszukosten. Sie jaulten und heulten voll Freude, ihren Herrn wiederzusehen. Max ging zu ihnen hinüber und versuchte, seine Streicheleinheiten gleichmäßig über alle zwölf Hunde zu verteilen, was einer Geschicklichkeitsprüfung alle Ehre gemacht hätte. Nach einem kurzen Frühstück spannte er an und nahm das Rennen wieder auf.
In den folgenden zwei Tagen blieb das Wetter so schön und die Gespanne nutzten die Zeit, um möglichst weit zu kommen. Max erreichte an beiden Tagen noch vor Einbruch der Dunkelheit seinen Kontrollpunkt. Wie immer, wenn sich die Inuit treffen, gab es lange, gemütliche Abende. Es wurden Geschichten erzählt, worin

Sie es ohne Zweifel zur Meisterschaft brachten und man spielte Inukrat, eine Art Würfelspiel, das aus Knochen oder Walrosselfenbein geschnitzt war.

Am nächsten Morgen entbrannte dann der Wettkampf mit unverminderter Härte. Max gelang es, bis zum neunten Tag gut mitzuhalten. Am zehnten Tag jedoch merkte er während der Fahrt, dass Atjinga, einer seiner Führungshunde, zurückfiel. Da die Hunde mit Freude bei den Rennen dabei waren, wusste Max sofort, dass dies einen ernsten Grund haben musste. Im Laufe der folgenden halben Stunde wurde Atjinga immer langsamer. Schließlich sah sich Max genötigt anzuhalten. Der Hund machte einen jämmerlichen Eindruck. Max holte ihn aus dem Geschirr. Atjinga wankte und ließ sich in den Schnee fallen. Er hatte sich offensichtlich nicht bloß übernommen, sondern war krank.
Der Hund ließ die Ohren hängen und schien völlig kraftlos. Vielleicht hatten die großen Anstrengungen des Rennens die Krankheit erst zu Tage treten lassen. Als Max ihn untersuchte, fing der Hund beim Abtasten des Bauches an zu wimmern. Max biss nervös auf seine Unterlippe.
„Atjinga, ich darf dich nicht weiter mitnehmen", sagte er leise zu seinem Hund.
Max blieb nicht viel Zeit zur Entscheidung. Er konnte den Hund nicht weiter laufen lassen, auch wenn er so einen herben Rückschritt für seine Chancen hinnehmen musste.
Aber einfach zurücklassen? Meilenweit gab es niemanden hier, und die anderen Gespanne, die vielleicht noch vorbeikamen, würden ihn auch nicht mitnehmen können. Er hatte schon öfter einen Hund während des Rennens ausspannen müssen. Aber meistens waren es Ein- oder Zweitagesrennen gewesen. Tom hatte die Hunde immer aufsuchen und einsammeln können. Diesmal aber wartete Tom erst am Ziel auf ihn.
Als Max hinten auf den Schlitten aufstieg und nach der Peitsche griff, warf er nochmals einen Blick auf den Hund zurück. Atjinga

war schon acht Jahre alt und in vielen Rennen ein treuer Freund gewesen. Max hielt einen kurzen Moment lang inne. Als sein Blick auf die Augen des leidenden Hundes traf, resignierte er. Er konnte ihn hier nicht so zurücklassen. Max zog die Handschuhe aus. Schweren Herzens stieg er vom Schlitten und zog sein Gewehr aus der Umhüllung.
Er liebte diese Hunde – einen wie den anderen – nicht wegen der Erfolge, die sie ihm beschert hatten. Er liebte sie wegen ihres wunderbaren Wesens und wegen der Freiheit, die sie ihm ermöglichten.
Als Max weiterfuhr, hatte die Landschaft ihren Glanz verloren. Er fühlte sich leer und verzweifelt. Für die Inuit war das Leben nicht so kostbar wie für andere Menschen. In dieser unerbittlichen Umwelt gehörte der Tod für sie ganz eng zum Leben dazu. Sie nahmen einen solchen Verlust nicht so schwer. Aber Max war tief getroffen. Dass er mit eigener Hand einen seiner Hunde hatte töten müssen, war für ihn furchtbar, auch wenn er keine andere Wahl gehabt hatte. So fuhr er mit Tränen in den Augen seinem nächsten Ziel entgegen.

Am zwölften Tag kam schlechtes Wetter auf. Es schneite während mehrerer Tage – nicht heftig, aber ohne Unterlass. Das Licht wurde äußerst diffus, und der Horizont setzte sich nicht mehr vom Himmel ab. Die Orientierung wurde für die Musher jetzt immer schwerer. Himmel und Erde waren eins geworden. Der Raum begann sich aufzulösen und Max glaubte, ins Nichts hineinzufahren. Keine Konturen, keine Schatten zeigten ihm an, was er vor sich hatte. Hatte Max bisher noch gut mithalten können, so wurde er nun von Stunde zu Stunde immer unsicherer und wähnte sich bereits weit hinter den anderen. Gegen Abend hatte er den Kontrollpunkt noch immer nicht erreicht. Max entschied sich, wieder ein Iglu zu bauen.
Er wollte in Ruhe noch einmal seine Route kontrollieren bevor er am nächsten Tag weiterfuhr. Sein GPS gab ihm zwar Werte an, die

ihn hätten beruhigen können. Aber eigentlich hätte er längst den Kontrollpunkt erreicht haben müssen. Max schlief unruhig ein.
Am nächsten Morgen hatte sich zu dem grauen Licht noch Nebel hinzugesellt. Er hätte jetzt auf fünfzig Fuß an dem Kontrollpunkt vorbeifahren können, ohne ihn zu sehen. Max ließ die Hunde nur noch im langsamen Trab laufen. Außer grau in grau war nichts zu sehen, nichts, was seine Stimmung hätte steigern können – keine Spuren von den anderen Schlitten, kein Gebäude – nichts. Langsam tastete sich das Gespann durch den grauen Dunst vorwärts.
Als er gegen Mittag immer noch nichts gesichtet hatte, beschloss er zu halten. Sich in der Weite der arktischen Landschaft zu verirren, war das, wovor er sich am meisten fürchtete. Er konnte zwar seinen Standort bestimmen und hatte Karten bei sich. Aber jener sechste Sinn, den Tom entwickelte, wenn mit normalen Methoden nichts mehr ging, der fehlte ihm. Einen Notruf absetzen wollte er auch noch nicht. Wenn er sich helfen lassen musste, war das Rennen für ihn gelaufen. Noch wollte er nicht aufgeben.

Während Max die Karten wälzte, kaute er nervös auf einer Kante Brot herum. Er wollte nicht entgegen seiner Überzeugung die Richtung ändern. Aber entweder hatte er den Kontrollpunkt übersehen, oder sein Standort stimmte nicht. Unentschlossenheit passte so ganz und gar nicht zu Max' Art. Aber jetzt wusste er nicht mehr weiter.
Nach einer halben Stunde Rast stellte Max die Hunde wieder ins Geschirr. Er tastete sich langsam mit dem Schlitten weiter ins graue Nichts. Stunde um Stunde verging. Manchmal, wenn er Stimmen gehört zu haben glaubte, hielt er an und suchte die Gegend nach Menschen ab. Er rief und brüllte in den Schnee hinein, aber er erhielt keine Antwort.
Der Schlitten fuhr jetzt nur noch im schnellen Schritttempo. Was hatte Tom ihm immer gesagt? „Die Hunde müssen alle gleich stark sein. Ein oder zwei besonders starke Hunde bringen dir nur Unruhe ins Gespann. Die Ausgeglichenheit ist das Wichtigste."

Aber Tom hatte eines vergessen: Auch der Musher musste genauso gut sein wie die Hunde. Wenn er einen Fehler machte, nützte auch die Ausgeglichenheit des Gespanns nichts. Seine Hunde waren gut gelaufen. Sie hatten gut mit den anderen Gespannen mitgehalten, ohne dass er sie besonders hätte antreiben müssen. Nur er selbst hatte nicht mithalten können. *Er* hatte die Richtung verpasst. Der Musher Max Pressley hatte leider nicht das Niveau seiner Schlittenhunde, würde man später sagen. War es in Sedna nicht genauso? Wieso glaubte er eigentlich, allein auf seiner kleinen Insel überleben zu können? War das nicht alles eine unglaubliche Anmaßung?
Als die Dunkelheit hereinbrach, suchte Max nach einem Standort zum Übernachten. Plötzlich glaubte er, Lichtpunkte vor sich zu sehen. Vorsichtig, als könne er sie verschrecken, ließ er die Hunde wieder antraben. Dann vernahm er die ersten Stimmen durch den dämpfenden Nebel hindurch.
„Heja, Heja, Anouk, D'Ashana, Aja, come on, let's go! We have arrived."
Max brüllte seine Erleichterung heraus. Er hatte die Kontrollstation erreicht!

Im Dunkeln konnte er nur wenige Schlitten erkennen. Aber die Musher kamen aus dem Haus und umringten ihn. „Ayornamat, Max?", schallte es aus vielen Richtungen.*
„Ayornamat!", rief Max voller Freude zurück.
Gehörte er vielleicht doch schon zu ihnen? Sie kamen auf ihn zu und umarmten ihn. Dass es auf Sedna noch Kindernachwuchs gab, wussten natürlich alle von ihm. Aber deshalb kamen sie jetzt nicht gelaufen. Sie freuten sich einfach, ihn wohlbehalten und lebend wiederzusehen. Er hatte ein gefährliches Stück dieses Rennens hinter sich gebracht wie einer von ihnen. Ja, er war einer von ihnen geworden.

* aus dem Inuktitut; bedeutet: alles in Ordnung

Angesichts des schlechten Wetters war die Aufregung und Sorge um jeden Kameraden, der noch nicht angekommen war, groß. Als er in die Stube eintrat, stellte Max zu seiner Überraschung fest, dass noch zahlreiche andere Musher fehlten. Erst jetzt begriff er ihre Anerkennung und Bewunderung für seine Leistung.

Die letzte Woche verlief ohne Zwischenfälle. Das Wetter war besser geworden, aber wesentlich kälter als in den letzten Tagen. Das Thermometer bewegte sich bereits unterhalb von minus vierzig Grad. Max hatte sich in den vergangenen Jahren gut an die Kälte gewöhnt. Aber das stundenlange Stillstehen auf dem Schlitten hatte seinen Zehen doch geschadet und ihm die eine oder andere Frostbeule eingetragen.

Am einundzwanzigsten Tag sah er gegen Spätnachmittag Rankin-Inlet, das Ziel seiner Hoffnungen, am Horizont auftauchen. Noch einmal feuerte er seine Hunde an. Zuerst tauchten vereinzelt Schneemobile auf, die die Gespanne begleiteten und deren Fahrer ihre Idole aus der Nähe bewundern wollten. Dann standen die ersten Zuschauer am Rand und begrüßten ihn mit lautem Hallo und rhythmischem Trommeln. Und plötzlich tauchte Tom vor ihm auf und kam ihm entgegengelaufen. Max hielt den Schlitten an. Glücklich fielen sie sich um den Hals und hielten sich lange und fest in den Armen.

„Max, du hast es geschafft!“ Tom strahlte ihn an.

„Nein!“, entgegnete Max. „Die Hunde und wir beide haben es geschafft. Ohne dich und ohne die Hunde wäre ich nicht hier.“

Die beiden Männer hatten nicht nur mit ihrer Insel ein kleines Wunder vollbracht. Mit ihrem festen Willen und von ihren eigenen Wünschen getrieben, hatten sie auch dieses große Ziel erreicht. Max nahm Tom hinten mit auf den Schlitten.

„Aja, go! D’ashana go“, rief er, und gemeinsam fuhren sie die letzten Minuten bis ins Ziel.

Cleveland, 2051

„Mal, der Chef sagt, er wartet schon auf Sie. Der hatte vielleicht eine ernste Miene."
Malachys Assistent verließ das Büro der Universitätsklinik. Doch hatte er Mal mit seiner Andeutung nicht mehr einschüchtern können. Er wusste bereits, welchen Gang er antrat.
Professor C. A. Brown, Direktor der Gynäkologischen Universitätsklinik, stand auf dem eleganten Türschild. Als er an die Tür klopfte, ging ihm noch einmal seine gesamte berufliche Laufbahn durch den Kopf.

Anfangs war er der Senkrechtstarter der Gynäkologischen Abteilung gewesen. 2028, nur fünf Jahre nach seiner Berufung, hatte man versucht, ihn zu entlassen. Auch wenn die offizielle Begründung anders lautete, lagen die Gründe in seiner mittlerweile kritischen Einstellung zur Gentechnik und zur künstlichen Befruchtung.
Seit der erschütternden Einsicht nach den E-Mails mit Max hatte Mal angefangen, ehrlicher zu sich selbst und vor allem zu seinen Mitmenschen zu sein. Ihm war bewusst geworden, wie sehr er zugunsten seiner Kariere und seines Wohlstands die Wahrheit ignoriert hatte. Während er früher den Kopf eingezogen und versucht hatte, seinen Job zu retten, fürchtete er sich jetzt nicht mehr vor den Anfeindungen und Repressalien seiner Kollegen. Er riskierte sogar seinen Job. Kein Zweifel: Malachy hatte sich in der letzten Phase seines Lebens enorm verändert.
Chuck hatte ihm geholfen, wo er nur konnte. Er berichtete in den ihm zur Verfügung stehenden Medien, wann immer er eine Chance dazu sah. Über die Jahre waren die Menschen auch kritischer gegenüber den wissenschaftlichen Versuchen geworden und selbst die Politiker folgten dem Fortschrittswahn der Biotechnologen nicht mehr unvoreingenommen. So war es der Universitätslobby

am Ende nicht gelungen, Malachy aus seiner Position zu drängen und ihm zu kündigen.
Aber Malachy hatte in den mehr als zwanzig Jahren, die seit dieser Zeit vergangen waren, auch nicht viel ausrichten können gegen die anhaltende Kinderlosigkeit. Er hatte die Nebenwirkungen und Probleme der Gentechnik öffentlich bekannt gemacht und sich damit manche Feinde geschaffen. Sein Erfolg war immerhin, dass einige der wahnwitzigen genetischen Versuche eingestellt wurden und man sich auf natürlichere Wege konzentrierte.
Über die Jahre war dann die Zahl der jungen Frauen versiegt. Die jüngsten Patientinnen waren mittlerweile fast alle über fünfunddreißig Jahre alt, und die Behandlungen erstreckten sich überwiegend auf Gebährmutterentfernungen, klimakterische Beschwerden und Osteoporose. So war es kein Wunder, dass die forschende Gynäkologie an der Universität immer kleiner geworden war und ihm jetzt die Entlassung bevorstand.

„Herein", ertönte eine Stimme von drinnen. Dr. Brown war ein stark untersetzter Mann von etwa sechzig Jahren. Er musste etwas zu Malachy aufsehen, was ihm von jeher nicht angenehm gewesen war.
„Setzen Sie sich doch, Malachy." Brown bot ihm einen Stuhl an.
„Sie wissen sicherlich, dass es um Ihre Entlassung geht. Nach all den Jahren unserer gemeinsamen Arbeit ist mir das kein leichter Schritt", heuchelte Dr. Brown. „Aber Sie kennen die Gründe ja genauso gut wie ich: Die Patientinnenzahl sinkt täglich, und die Gelder der Universität werden fast monatlich gekürzt. Da bleiben wir am Ende alle auf der Strecke. Auch ich werde wohl in naher Zukunft den letzten Professorenstuhl dieser Abteilung räumen müssen."
„Du altes Dreckschwein", dachte Mal bei sich. „Wie viele behinderte Kinder sind durch deine wissenschaftlichen Versuche zur Welt gekommen!" Am liebsten hätte Malachy ihm seine Fehler ins Gesicht geschrien. Aber er wusste, dass Brown all das noch nicht

einmal verstanden, geschweige denn seine Meinung geändert hätte. Er klammerte sich bis zum letzten Moment an seinen Posten und an sein gutes Gehalt. Er tat, was die Gesellschaft von ihm erwartete, und dafür belohnte sie ihn. Ethische Bedenken oder eigene Gedanken waren nicht gefragt und wurden schon gar nicht honoriert. Malachy hatte in den letzten Jahren so manchen Disput mit ihm ausgefochten und manchen Kampf gegen Brown verloren. Aber jetzt fühlte er sich nicht als Verlierer.

„Dr. Brown, nicht *ich* bin heute ein Verlierer, sondern die Frauen und die Menschen sind die Verlierer. Nicht weil ich ein so toller Arzt bin, sondern weil sie einen öffentlichen Fürsprecher verlieren. Aber ich werde mich auch ohne Universitätsauftrag in dieser Frage engagieren. Vielleicht ist diese Position sogar wirksamer, weil ich in meiner Meinung nicht so eingeschränkt bin wie hier."

Brown sah ihn mit einem bissigen Blick an.

„Sie werden den Lauf der Entwicklung mit Ihrer Einstellung nicht aufhalten können. Wenn wir nicht den Mut haben, die Dinge auszuprobieren, werden wir nie zu einer Lösung unserer Probleme gelangen."

„Halten Sie die Monster, die in China jetzt das Licht der Welt erblickt haben, für eine Lösung unserer Probleme? Nur weil wir nicht mehr genügend Frauen im gebärfähigen Alter haben, können wir doch nicht solche riskanten Tests vornehmen! Am Ende werden die missgebildeten Menschen, die dabei herauskommen, von der Wissenschaft ganz schnell und leise in irgendein Heim abgeschoben!"

Dr. Brown war sichtlich bemüht, seine Betroffenheit zu verbergen. Aber Mal hatte sich in seiner langen Zeit als Arzt natürlich auch eine gute Menschenkenntnis angeeignet. So entging ihm nicht, dass er Brown an einem wunden Punkt getroffen hatte. Also fasste er nach.

„Haben Sie noch nicht davon gehört?", fragte Mal.

„Sicher", entgegnete Dr. Brown. „Aber das Einpflanzen von befruchteten, vermehrungsfähigen menschlichen Eizellen in einen

Tieruterus ist eben ein nicht kalkulierbares Risiko. Wir hätten so etwas nie durchgeführt."
„Aber heimlich in Studien wohl überlegt", konterte Mal.
„Sie haben offensichtlich nicht nur in Ihrer eigenen Abteilung gearbeitet." Die Argumente flogen wie scharfe Schwerter hin und her.
Browns Gesicht nahm eine rötliche Färbung an. Normalerweise war das für seine Mitarbeiter immer ein Zeichen gewesen, den Rückzug anzutreten. Dass Mal diese seismologischen Vorzeichen seines Ausbruchs ignorierte, ließ Brown unsicher werden.
„Es wird Zeit, dass die Öffentlichkeit erfährt, welche perversen Wesen bei solchen Versuchen herauskommen und dass auch in den USA solche wissenschaftlichen Arbeiten durchgeführt werden."
Malachy war jetzt doch dort angekommen, wo er eigentlich nicht hatte landen wollen: bei einem offenen Schlagabtausch mit Dr. Brown. Aber jetzt gab es kein Zurück mehr. Endlich stand ihm nichts mehr im Wege.
„Das ist keine Sache von Diktaturen wie in China, wie Sie der Öffentlichkeit immer weismachen wollen. Das hat man damals auch in den Zeitungen geschrieben, als diese aggressiven genmutierten Nahrungsmittel in die USA und andere Länder eingeschleust wurden. Dieses Saatgut ist vorher in den USA entwickelt worden. Erst in der Testphase wurden die Nebenwirkungen auch den islamischen Fundamentalisten bekannt, und sie haben das Saatgut mit Erfolg gegen ihre Erzfeinde eingesetzt. Dass ihre eigenen Länder und die gesamte Dritte Welt so dringend auf Saatgut aus den USA angewiesen waren und so dieses schreckliche Zeug ins eigene Land geholt haben, haben sie dabei nicht mit einkalkuliert, und wegen der notwendigen Geheimhaltung konnten sie noch nicht einmal ihre eigenen Landsleute darüber aufklären. Wir selbst, unsere eigenen Wissenschaftler, Sie und Ihre Kollegen haben diesen Untergang der Menschheit entwickelt. Sie haben der Menschheit ihr Ende gesetzt!"

Malachy sprach mit ruhiger, aber scharfer Stimme. Dr. Brown schien noch kleiner geworden zu sein.
„Der perfideste wissenschaftliche Versuch ist allerdings das Klonen von noch vermehrungsfähigen, weiblichen Eizellen. Sie enthalten der Öffentlichkeit bewusst die bisher entstandenen Personen vor, weil Sie die Endergebnisse noch gar nicht beurteilen können und weil Sie die entstandenen Missbildungen und Fehlentwicklungen noch gar nicht absehen können. Sie sind wie Frankenstein. Sie wollen Gott spielen und erschaffen Menschen, wie es Ihnen passt. Werfen wir doch mal irgendetwas in den Würfelbecher, vielleicht eine schöne Blondine oder einen intelligenten Zwanzigjährigen, gut schütteln und werfen. Eine Kopie hiervon und eine andere davon. Aber bloß keine Hässlichen und Dummen nehmen. Wir machen Auslese. Was Hitler mit der Züchtung des arischen Menschen nicht geschafft hat, das schafft Dr. Brown. Eine neue fehlerfreie Rasse für die Zukunft!"
Malachy war jetzt in Rage. Brown traute sich nicht mehr, auch nur ein einziges Wort zu sagen.
„Sie versündigen sich an den Menschen, die Sie schaffen! Sie wissen genau, dass diese Leute keine normale Lebenserwartung haben. Sie verfügen über keine Widerstandskräfte und zeigen teilweise ein abnormes Verhalten auf. Haben Sie denn überhaupt kein Gewissen? Die wenigen vermehrungsfähigen Eizellen, die wir noch haben, vergeuden Sie für ein solches Ziel. Die wenigen Chancen, die die Menschheit noch zum Überleben hat, werden auf diese Weise verschleudert."
Malachy hielt inne. Er überlegte, ob es geschickt war, Brown zu drohen und ihm zu sagen, dass er diesen Weg noch stärker als bisher öffentlich anprangern werde, oder ob es klüger wäre, ihm nichts von seinen Zukunftsplänen zu sagen. Malachy entschloss sich für die erste Option, weil er hoffte, Brown damit ein bisschen einzuschüchtern und etwas vorsichtiger zu machen. Dann hätte er doch zumindest etwas erreicht. Schließlich ging es ihm nicht um

seinen Erfolg, sondern um das Vorwärtskommen in der Angelegenheit.
„Bevor wir uns verabschieden, möchte ich Ihnen sagen, dass sie damit rechnen können, dass ich ab sofort meine berufliche Freiheit dazu nützen werde, die wissenschaftliche Forschung in den USA transparent und öffentlich zu machen und das damit verbundene hohe Risiko allen Menschen deutlich machen werde."
Dr. Brown stand auf. Er hatte seine Fassung inzwischen einigermaßen wiedergefunden.
„Wie Sie Ihre neue Freizeit gestalten, das ist Ihre Sache. Ich bin allerdings sicher, dass wir mit unseren Forschungsansätzen auf dem einzig richtigen und möglichen Weg sind. Sie werden schon noch sehen, dass wir damit Erfolg haben werden." Jetzt war er wieder ganz Direktor. „Ich wünsche Ihnen alles Gute für die Zukunft, Malachy."
Er wollte offenbar nichts Weiteres hinzufügen und sah das Gespräch als beendet an. Es schmeckte Malachy nicht besonders, dass Brown das Gespräch selbst beendet hatte. Aber er konnte jetzt auch nichts mehr dagegen tun. Er überwand sich und reichte Brown die Hand.
„Ich habe immer gerne hier gearbeitet. Schade, dass es nun zu Ende geht. Ich wünsche Ihnen eine gute Zeit und den nötigen Weitblick, um unsere Probleme richtig zu lösen."
Dann kehrte er Brown den Rücken zu und verließ das Büro.

Eigentlich hätte Malachy traurig sein müssen. Er war jetzt dreiundfünfzig Jahre alt. So früh wollte er nicht in Rente gehen. Sein berufliches Potenzial war aufgrund seiner Berufsausbildung riesengroß. So war er mit der vor ihm stehenden Situation eigentlich beruflich unterfordert. Aber mittlerweile gingen seine Gedanken in eine ganz andere Richtung. Sein Berufsstatus und seine Stellung waren ihm nicht mehr so wichtig. Was ihn viel zufriedener machte, das war, dass er sich jetzt eine Arbeit suchen konnte, mit der er sich ganz identifizieren konnte. Die letzten Zugeständnisse aufgrund seines Berufs waren gefallen, und nichts mehr hinderte ihn länger daran, das zu tun, was er wollte.

Als er den Schlüssel im Schloss herumdrehte, hörte er drinnen Susan sprechen.
„Vielleicht können wir Onkel Aaron erreichen. ... Sollen wir's versuchen?"
„Ich wäre euch dankbar, wenn ihr's versucht. Denn es gibt zurzeit praktisch keine Verbindung nach Israel. Und eine Bestätigung aus erster Hand wäre mir schon wichtig."
„Chuck, du alter Spitzel", schaltete sich Mal jetzt ein. „Warum musst du bloß immer Susan für deine Zwecke einspannen? Könnt ihr Reporter nicht einmal eine Arbeit selbst tun?"
„Hi, Mal", freute sich Chuck. Er hatte nie ein schlechtes Gewissen, wenn er recherchierte, wie er sich ausdrückte. Das wäre für einen Journalisten sicher auch kontraproduktiv gewesen. Dass er Zeit seines Lebens ein Einzelgänger gewesen war, kam seinem Job schon wesentlich mehr entgegen. Er hatte sich vorübergehend mit einer Frau liiert, aber zu einer längeren Beziehung hatte sein umtriebiges und unruhiges Leben nie gereicht. In letzter Zeit saß er allerdings immer öfter bei Susan und Mal.
„Was sollen wir denn jetzt schon wieder für dich ausspionieren?", fragte Mal.
„Ausspionieren klingt wirklich nicht schön. Sagen wir doch lieber, ihr könntet euch mal ein bisschen mehr um das Wohl eures alten Onkels Aaron kümmern. Der sitzt dort im Hexenkessel, und ihr ruft noch nicht mal bei ihm an und erkundigt euch nach ihm."
Im direkten Streitgespräch hatte der eher etwas steife Malachy keine Chance gegen den wendigen Chuck.
„Was ist denn in Israel so Interessantes passiert?"
„Anscheinend ziehen sich die Syrer und auch die Ägypter aus dem Land zurück. Aber es gibt zurzeit noch keine verlässlichen Nachrichten darüber. Wenn du ..."

„Und was sollte die Syrer in Gottes Namen dazu treiben, ein Land zu verlassen, das sich gar nicht mehr verteidigen kann?", fragte Mal.
„Das Gleiche, was die Juden dazu zwingt, sich nicht mehr zu verteidigen", erwiderte Chuck. „Sie haben einfach keine Leute mehr, um das Land zu beherrschen. Du brauchst nicht nur an jeder Ecke Soldaten, du musst auch die Struktur des Landes kontrollieren: die Medien, die Industrie und die Wirtschaftspunkte, die Finanzverwaltung, den Verkehr und so weiter und so fort. Die Ägypter haben wohl aus dem eigenen Land so viele Leute abgezogen, dass dort jetzt gar nichts mehr funktioniert. Die Leute werden unzufrieden, und die Folge ist, dass Unruhe und Spannungen im Land entstehen. Da bringt es ihnen auch nichts, wenn sie die Hälfte des verhassten Israel besetzt haben. Außerdem gelingt es ihnen seit ihrem Einmarsch vor zwei Jahren nicht, irgendwelche Gelder oder Produkte aus dem Land herauszupressen. Das braucht Zeit und vor allem Menschen, die das bewerkstelligen."
„Und was ist mit den Syrern?", fragte Susan.
„Wir haben doch alle das gleiche Problem", sagte Chuck. „Die Weltbevölkerung hat sich seit Ausbruch der Kinderlosigkeit mehr als halbiert. Die Alten und Kranken kannst du für einen Krieg oder die Ausbeutung eines besetzten Landes nicht gebrauchen. Womit sollen die Syrer Israel also unterdrücken? Alle haben dieses Problem wohl unterschätzt oder jedenfalls erst in ein paar Jahren kommen gesehen."
„Eigentlich ist das doch mal ausnahmsweise eine gute Nebenentwicklung der ganzen Katastrophe", meinte Susan. „Kriege sind mangels Menschen nicht mehr durchführbar. Was über Jahrtausende nie gelungen ist – nämlich ein weltweites Ende dieser sinnlosen Kriege –, das kommt nun durch das Aussterben der Menschheit von allein."
„Und was bedeutet dann das ganze Säbelrasseln der Chinesen?", fragte Malachy. „Da kannst du doch jeden Tag was Neues lesen: Derzeit heißt es, sie wollen Japan einnehmen."

„Die wollen es einfach noch nicht wahrhaben“, sagte Chuck. „Natürlich haben sie eine viel größere Bevölkerung als alle anderen Länder. Aber bald wird das Problem für die noch größer, weil ein so streng überwachtes Land für diese engmaschige Kontrolle ihrer Bevölkerung natürlich auch viel mehr Leute braucht. Meiner Meinung nach werden sie vielleicht nach Korea auch noch Japan einkassieren. Aber lange Freude werden sie nicht daran haben. Im Gegenteil: Die Menschen, die dabei sterben, werden doch dringend gebraucht und sind auch nicht mehr ersetzbar.“

„Die meisten Länder haben aber die Zeichen der Zeit erkannt“, sagte Mal. „Guckt euch nur Indien und Pakistan an. Seit Jahrzehnten lagen sie im Clinch. Und jetzt haben sie Frieden geschlossen.“

„Also wie sieht's nun aus mit einem Anruf bei deinem Onkel?“, fragte Chuck noch einmal vorsichtig.

„Ich werde es heute Abend probieren. Aber seit über einem Jahr war kein Anruf mehr möglich. Ich wäre da an deiner Stelle nicht so optimistisch.“

Chucks Miene hellte sich auf. Hauptsache war, seine Bohrungen erfolgten. Dass alle Quellen nachher auch sprudelten, konnte er nicht erwarten.

„Aber du schickst mir dann eine Mail, wenn du etwas erreicht hast?“, fragte Chuck.

„Ja, ja, schon gut, du alter Spitzel“, lachte Mal.

„Und jetzt lasst uns was auf den Tisch bringen, sonst verhungere ich noch“, rief Susan und ging in die Küche.

Die Genkatastrophe als Auslöser des Untergangs

In den USA wurde im Jahre 2010 ein gentechnischer Versuch durchgeführt. Mehrere Nutzpflanzen wurden nach vorangegangener gentechnischer Veränderung auf einem landwirtschaftlichen Versuchsfeld angebaut. Unter anderem kamen Sojabohnen, Weizen, Kopfsalat und Raps zum Einsatz.
Ziel war es, durch die veränderten Aminosäuresequenzen die Vermehrungsfähigkeit von weiblichen Schadinsekten zu hemmen und so einen Langzeitschutz der Pflanzenfelder zu erreichen. Der Versuch war von so gutem Erfolg gekrönt, dass bereits zwei Jahre später ein regionaler Großversuch mit Genehmigung der amerikanischen Regierung durchgeführt werden konnte. Auch dieser Anbau verlief viel versprechend. Die Felder waren in den darauf folgenden drei Jahren praktisch schädlingsfrei.
Eine Übertragung der veränderten Gene auf den weiblichen Organismus des Menschen wurde nicht als möglich betrachtet, aber unter dem Druck vieler Skeptiker vorsichtshalber untersucht. Im Jahre 2015 wurde der Versuch eingestellt, nachdem, gemäß dem offiziellen Bericht, „eine Übertragung auf den Menschen zwar als unwahrscheinlich eingestuft wurde, aber aus Vorsicht die veränderten Pflanzen nicht mehr angebaut werden durften."
Inoffiziell wurde allerdings davon gesprochen, dass in der Tat mehrere Fälle von Übertragungen auf den Menschen festgestellt wurden. Die Produktion wurde umgehend eingestellt.
Wie sich erst Jahre später herausstellte, waren die Kenntnisse über die problematischen Nebenwirkungen dieses Großversuchs auch in terroristische Kreise gelangt. Schriftliche Unterlagen über die vorgenommenen Veränderungen waren ebenso entwendet worden wie Teile des Saatguts, ohne dass die betroffenen Landwirte Nachforschungen angestellt hätten.
In Israel, den USA und anderen Ländern wurde Saatgut, das auf die oben genannte Weise verändert worden war, von diesen terroristischen Gruppen in den Jahren 2015–2016 eingeschleust. Der Zusammenhang mit der rapide ansteigenden Kinderlosigkeit wur-

de in den USA aber erst im Oktober des Jahres 2018 bemerkt, da nicht jede junge Frau, die mit verändertem Pflanzengut hergestellte Lebensmittel gegessen hatte, auch zeitnah einen Kinderwunsch hatte.
Das genveränderte Saatgut seinerseits wurde jedoch von den USA als dem weltweit größten Exporteur dieses Produkts in viele Länder der Erde exportiert. Ohne Wissen um die Schadhaftigkeit ihres Saatgutes wurde das Land zum zentralen Verteiler dieses größten Schadstoffes, der die Menschen je getroffen hat.
Hinzu kam der Export der fertigen Produkte wie Weizen, Rapsöl, Sojaprodukte und weiterer Lebensmittel in einem Zeitraum von gewiss mehr als zwei Jahren. Da in den verschiedenen Ländern aus dem exportierten Saatgut ebenfalls wieder Saatgut gewonnen wurde, waren der weltweiten Verbreitung keine Grenzen mehr gesetzt. Der Pollenflug tat ein Übriges.
Vor allem Dritte-Welt-Länder wurden hiervon in verstärktem Maße betroffen, da sie selbst meist nicht genügend Landwirtschaft betreiben konnten, um eigenes Saatgut herzustellen.

Der Beginn des Aussterbens der Menschheit

Als die Gründe für die Kinderlosigkeit in den USA im Jahre 2020 endgültig klar waren, war die Katastrophe nicht mehr aufzuhalten, weil der weltweiten Verbreitung der genmanipulierten Pflanzen nicht mehr Einhalt geboten werden konnte. Die viel gepriesene Globalisierung hatte in besonderem Maße dazu beigetragen, dass die Verbreitung innerhalb weniger Monate vollständig vonstatten gehen konnte.
In den Jahren 2020–2030 war ein komplettes Fehlen von Neugeburten zu verzeichnen. Hieraus folgte ein Anstieg der Arbeitslosigkeit. Den Menschen, die in irgendeiner Weise mit der Herstellung von Kinderprodukten und Kindernahrung beschäftigt waren, wurde zuerst gekündigt; Schulen wurden geschlossen, Pädagogen entlassen.
Der Rückgang des Bruttosozialproduktes beschleunigte sich erst in den Jahren 2030–2040 in größerem Umfang. Die Schließungen der Universitäten folgten in der Zeit bis 2050.
Die Bevölkerung schmolz bis zu diesem Zeitpunkt weltweit um mehr als ein Drittel. Bis zum Jahr 2070 hatte sich die Menschheit

bereits um zwei Drittel reduziert. Ein Zusammenbruch der Preise auf breiter Front war die Folge in diesen Jahren, da es für die hergestellten Produkte immer weniger Abnehmer gab. Dagegen stiegen die Preise von technisch schwierig herzustellenden Produkten ins Unbezahlbare. Als sich die Bevölkerungszahl der jungen Männer unter dreißig Jahren der Null näherten, witterten einige Staaten ihre Chance, sich gegen ihre Nachbarn auf leichte Art militärisch durchzusetzen. Aber die Kriege wurden mit Menschenleben erkauft, die unersetzbar waren. In kurzer Zeit wurden sich die Staaten darüber bewusst, dass sich nur im Zusammenleben und in der Zusammenarbeit eine Möglichkeit bot, die Probleme zu bewältigen, die sich aus der immer kleiner werdenden Bevölkerungszahl entwickelten. Machtfragen und Gebietsbesitzungen verloren zunehmend an Bedeutung. Expansionshungrige Diktatoren und Politiker, wie zum Beispiel in Rotchina, die von ihren egoistischen Zielen nicht ablassen wollten, hatten nur noch kurzfristig Erfolg. Die Eroberung und Einnahme anderer Länder vergrößerte zwar die Zahl der Bevölkerung, die ihnen unterworfen war. Global gesehen nahm die Bevölkerungszahl um die Zahl der Kriegstoten jedoch ab. Da es sich hierbei überwiegend um junge Männer handelte, wog dieser Verlust umso schwerer. Sie fehlten an allen Ekken und Enden. Außerdem waren zahlreiche Menschen an das Militär gebunden und konnten ebenfalls nicht zur Aufrechterhaltung der Wirtschaft beitragen. Je geringer die Bevölkerungszahlen wurden, desto sinnloser wurde dieses Vorgehen. Durch Eroberungen fremder Länder eilten diese Staaten ihrem Untergang nur noch umso schneller entgegen.

Die Folgen des Zusammenlebens der Homo Sapiens

Ab 2060 erfolgte eine Umkehr der ethischen und moralischen Vorstellungen auf den meisten Gebieten des menschlichen Zusammenlebens.

So wurden die älteren Menschen zum ersten Mal nach vielen Jahren wieder als wertvoll angesehen und nicht mehr als Belastung für die Jüngeren und für die Sozialsysteme. Alte wurden geachtet, denn man war froh um jede Hand, die helfen konnte. Je weiter die Zeit voranschritt, umso stärker wurde diese Einstellung. Materielle Güter wie Wohnraum und Essen waren ausreichend für jeden vorhanden. Aber die Pflege und Arbeit musste auf immer weniger Hände verteilt werden. Eine Rente wurde schon ab 2060 nirgends mehr auf der Welt gezahlt. Der größte Teil der jüngeren Menschen, die diese finanzieren sollten, existierte nicht mehr, und so mussten die Älteren ihren Lebensunterhalt im Alter selbst verdienen. Auch konnte es sich keine Familie mehr leisten, ältere Menschen ab fünfundsechzig Jahren in den Ruhestand gehen zu lassen.

Singles gab es nicht mehr, denn ohne die Unterstützung und Zusammenarbeit mit anderen war ein einzelner Mensch überhaupt nicht mehr existenzfähig. Im Gegenteil: Die Großfamilie hatte wieder Einzug gehalten. Die Menschen bildeten kleine Selbstversorgungsgruppen. Eine spezielle davon war die mit der althergebrachten Familienstruktur. Eine der wichtigsten Eigenschaften des Menschen wurden Geselligkeit und Solidarität.

Medien wie Zeitung, Fernsehen und Rundfunk stellten in dieser Phase des Untergangs des Homo Sapiens ihren Betrieb ebenfalls allmählich ein. Die Menschen sparten wegen ihres sinkenden Wohlstandes zuerst an luxuriösen Dingen, die nicht unbedingt notwendig waren. Hierzu zählten natürlich auch Zeitungen, Radio und andere Unterhaltungsmedien. So gab es weder genug Leute, die Zeitungen und Unterhaltung produzieren konnten, noch konnten sich die Menschen diese Sachen leisten. Sie waren an dieser Form von Nachrichten auch gar nicht mehr interessiert. Zu groß war die Enttäuschung darüber, dass diese großartige Möglichkeit der Information und der Wissensverbreitung so missbraucht worden war.

Mit dem Verstummen der Medien mussten sich die Menschen wieder auf eine eigene Form der Unterhaltung besinnen. Deshalb waren Geselligkeit, Kreativität und Musikalität wieder gefragt. Man begann, nach Jahren der stumpfsinnigen Berieselung wieder miteinander zu sprechen und zu erzählen. Statt fremde Kompositionen zu konsumieren, wurde wieder selbst Musik gemacht und gesungen. Sicher war manches einfach oder unprofessionell, aber fünf Takte eigene Musik machten mehr Freude, als eine Stunde einer hoch gelobten Starikone zuzuhören. Das menschliche Miteinander fing an zu wachsen und befreite die Gesellschaft aus der im zwanzigsten Jahrhundert selbst gewählten Isolation.

Auch der früher viel gepriesene Konsum war verschwunden. Die Kaufkraft konzentrierte sich auf lebenswichtige Dinge wie Essen und Kleidung. 2065 wurde die letzte Autoproduktion eingestellt. Fluglinien waren bereits früher aufgelöst worden, da der technische Aufwand nicht mehr zu bewältigen gewesen war. Überhaupt fielen als Erste alle durch die Globalisierung groß gewordenen Konzerne und Wirtschaftszweige. Der Verlauf war genau gegenläufig zu der Entwicklungsgeschichte der Industrie. Die kleinen regionalen Betriebe hielten sich am längsten, da sie nicht auf große Infrastruktur und viele Mitarbeiter für Verwaltungszwecke angewiesen waren. Die Überfremdung, die durch die Globalisierung überall Einzug gehalten hatte, machte einem Zusammenleben Platz, das wieder von Vertrautheit und persönlichen Bindungen geprägt war. McDonald's musste einem Gastwirt weichen, der seine Gäste wieder mit Namen kannte und die Kredit bei ihm hatten.
Währungen wurden als virtuelles Zahlungsmittel von den Menschen nicht mehr angenommen. Wer mehrmals nicht mit seinem Geld bezahlen konnte, versuchte es so schnell wie möglich loszuwerden. Sobald die Angst, Geld anzunehmen, einmal ausgebrochen war, steigerte sich diese Reaktion lawinenartig bis hin zur Panik. Dann brachen innerhalb weniger Tage die Währungen weltweit zusammen, und stattdessen blühte der Tauschhandel wieder auf.
Als die Verwaltung sich mangels Bevölkerung in der Zeit um 2070 aufzulösen begann, fanden auch die politischen Strukturen ihr Ende. Die Politiker hatten versucht, Verwaltung, Sicherheitskräfte und Polizei so lange wie möglich aufrechtzuerhalten. Aber als die Steuereinnahmen immer geringer wurden, brachen auch diese Staatsstrukturen zusammen. Stattdessen entstanden regionale Selbsthilfegruppen, die niemandem Rechenschaft schulden wollten. Kurz darauf erklärten sich die Staaten, einer nach dem anderen, für beendet.

Die tiefer liegenden Ursachen für den Untergang des Homo Sapiens

Dem Homo Sapiens war eine friedliche Koexistenz untereinander in seiner gesamten Geschichte versagt geblieben. Erst der Zu-

sammenbruch seiner scheinbar hoch entwickelten Wirtschaft brachte ihn auf den Weg zu einem friedlichen Miteinander. Auch das verkümmerte Gefühl für die Erde, die ihn ernährte, wurde erst wieder zum Wachsen erweckt, als die Menschheit am Abgrund ihres Daseins stand. Aus eigenem Antrieb hatte der „wissende Mensch" es nicht geschafft, das Recht seines Gegenübers anzuerkennen. Sein Egoismus hatte es nicht erlaubt, dem Mitmenschen und der Erde das gleiche Recht einzuräumen wie sich selbst.
Die Haupttriebfeder für seinen Egoismus aber war seine Erkenntnisfähigkeit und sein Wissen. Der Mensch merkte, dass Wissen Macht bedeutete. Je größer sein Wissen war, umso besser konnte er seine Welt beherrschen. Der Homo Sapiens, der wissende Mensch, erhob deshalb die Wissenschaft zum Götzenbild. Der Apfel vom Baum der Erkenntnis begann. seine Wirkung zu entfalten. Die Gier, die sich aus den sich bietenden Möglichkeiten erwuchs, wurde immer größer und schließlich grenzenlos.
Die Weigerung des Homo Sapiens, diese seine Begrenztheit anzunehmen, wurde ihm zum Todesurteil. Die Übertretung des Verbotes, vom Baum der Erkenntnis zu essen, vertrieb den Menschen aus dem Paradies. Die Schlange, die ihn hierzu verführte, war jedoch nicht der Teufel mit den zwei Hörnern, sondern Stimmen, die aus seinem eigenen Inneren kamen. Es waren die Stimmen der Politiker, der Kanzler und der Könige, die den Menschen immer weiter in die Sackgasse trieben. Es waren die Stimmen der selbst ernannten Anwälte des kleinen Mannes, die Grünen und die Gewerkschaften, die nicht an die Zukunft der Menschheit, sondern eher an die materiellen Vorteile ihrer Klientel oder an deren materiellen Nachholbedarf dachten.
Es waren die Stimmen der Religionsführer und Weltverbesserer, die eher Unfrieden als Menschlichkeit schufen. Judentum, Christentum und Islam hinterließen eine blutige Spur durch die Jahrtausende ihres Bestehens hindurch. Missionierung, religiöse Intoleranz und Inquisition, Israelkonflikte und Terrorismus waren die Meilensteine ihres Wirkungskreises.

Bewertung der Gattung Homo Sapiens im weltgeschichtlichen Zusammenhang

Menschlichkeit und Rücksichtnahme auf den anderen hielten erst dann Einzug in die Welt des Homo sapiens, als er starb. Im Jahre 2085, zirka 200.000 Jahre nach seinem Erscheinen auf dieser Erde, gab es nur noch wenige Exemplare dieser Art auf der Erde.
Gemessen an anderen Menschenaffen wie Gorillas und Schimpansen, war dem Homo Sapiens nur ein kurzer Lebenszeitraum vergönnt. Er muss als Fehlentwicklung der Natur und als ein Versager eingestuft werden. Die Möglichkeiten der freien Entfaltung und der Erkenntnisfähigkeit waren nicht gepaart mit dem entsprechenden Maß an Einsicht und der Fähigkeit zur Selbstbeschränkung. Darum starb er aus.
Da nicht mit Sicherheit angenommen werden kann, ob die Erde ein längeres Verweilen des Homo Sapiens überlebt hätte, muss dieser erdgeschichtlich kurze Zeitraum als Glücksfall für den blauen Planeten aufgefasst werden.
Die von ihm für sich selbst gewählte Bezeichnung „Homo sapiens" muss im Nachhinein als falsch angesehen werden. Seine allgegenwärtige Überheblichkeit hatte auch bei dieser Namensgebung die Oberhand gewonnen. Sapiens kommt aus dem Lateinischen „sapere" und bedeutet „wissen". Wenn er von den Gründen seines Untergangs „gewusst" hätte, hätte er sich sicher anders verhalten.
Ein Vorschlag für die überfällige Namensänderung ist „Homo ignorans" oder „Homo avidus", der „unwissende" oder der „gierige" Mensch.
Ob sich aus den übrig gebliebenen Exemplaren des Homo Sapiens noch eine neue Gattung entwickeln konnte, ist bis heute nicht gesichert.

Cleveland, 2081

Gleichmäßig und rhythmisch schüttelte Malachy die kleine, braune Flasche. Schließlich kritzelte er etwas mit einem Bleistift darauf und händigte sie der vor ihm sitzenden Frau aus.
„Nehmen Sie einmal am Tag zwanzig Tropfen ein, und kommen Sie in acht Tagen wieder. Ich hoffe, dass es Ihnen dann besser geht", sagte Malachy.
Er war inzwischen dreiundachtzig Jahre alt geworden. Sein dunkles Haar war einem eleganten Silbern gewichen, und seine sehnige, dürre Gestalt, die schon früher kein Gramm Fett aufzuweisen gehabt hatte, zeigte jetzt vor allem im Gesicht eine Menge Falten, die ihm aber durchaus eine gewisse Reife und Würde verliehen. Seine stets gesunde Lebensweise belohnte ihn jetzt mit einer Rüstigkeit, die die wenigsten Menschen in seinem Alter vorzuweisen hatten.
„Ich werde jetzt gehen", murmelte die alte Frau. „Draußen warten ja noch viele Leute."
Mit diesen Worten öffnete sie die Tür und ließ gleichzeitig den nächsten wartenden Patienten herein.

Malachy hatte nach seiner Entlassung im Jahre 2051 zunächst eine kleine gynäkologische Praxis eröffnet. Aber mangels Patienten hatte er nicht viel zu tun gehabt, und seine Einkünfte waren so gering geworden, dass er sich eine Alternative hatte überlegen müssen.
Er hatte sich auf sein Basiswissen als Arzt besonnen und angefangen, sich aller Fälle anzunehmen, die er behandeln konnte. Anfänglich waren es nur wenige Patienten gewesen. Aber Malachy hatte die Menschen auf eine sehr einfühlsame Art behandelt und mit den mittlerweile doch stark eingeschränkten Möglichkeiten mehr Erfolg gehabt als seine Kollegen.

Bald war der kollegiale Neid aufgekommen, da auch alle anderen Mediziner um die wenigen Patienten kämpfen mussten. Man versuchte, ihm mit der Begründung, dass er eine gynäkologische Ausbildung hatte, die Erlaubnis als Allgemeinmediziner zu entziehen. Aber Malachy entfernte einfach den Titel „Allgemeinmediziner“ von seinem Türschild und schrieb stattdessen „Arzt“. Gegen diesen Titel konnte niemand etwas einwenden.

Auch auf anderen Gebieten beschritt Malachy neue Wege. Die Medikamentenproduktion war nach und nach zum Erliegen gekommen. Wie in vielen anderen Industriezweigen führte auch hier der Mangel an menschlichen Arbeitskräften zu einer Einstellung der Produktion. Für diese Arbeit waren gut ausgebildete Fachkräfte notwendig, die einfach nicht mehr zu finden waren. Sie konnten nicht so ohne weiteres durch unausgebildete, ältere Menschen ersetzt werden. So beschränkte man sich zunächst auf die Produktion wichtiger Arzneimittel wie Antibiotika sowie Herz- und Schmerzmittel. Aber mit fortschreitender Zeit konnten auch diese nicht mehr ausgeliefert werden. Wenn eine Tablettierungsmaschine defekt war, gab es kaum noch Möglichkeiten, Ersatzteile zu beschaffen. Hier klafften die gleichen Lücken wie im Pharmabereich.
Malachy ging dazu über, selbst Pflanzen zu sammeln. Er konzentrierte sich zunächst auf das, was er damals auf seinen Streifzügen mit Max am Cuyahoga River gefunden hatte. Die Herstellung bereitete ihm einen ähnlichen Spaß wie das Kochen. Mit der Zeit begann er, die Pflanzenextrakte homöopathisch zu potenzieren. So reduzierte sich sein Pflanzenbedarf erheblich, und er baute sich ein beträchtliches eigenes Sortiment an homöopathischen Medikamenten auf.
Als etwa fünfzig Jahre nach Ausbruch der Kinderlosigkeit selbst die letzten Arzneimittel aufgebraucht waren, fehlten den wenigen Ärzten, die es noch gab, jegliche Heilmöglichkeiten. Nicht so Malachy, der schon frühzeitig den naturkundlichen, homöopathi-

schen Weg beschritten hatte. Der Zulauf zu seiner Praxis wuchs allein aus diesem Grunde ständig. Man hatte ihm bereits kostenlos große Räume in der Stadt überlassen und ihm Hilfskräfte zu Seite gestellt, nur um ihn dazu zu bewegen, trotz seines hohen Alters den Menschen noch weiter zu helfen. Eigentlich überforderte ihn diese Arbeit schon längst. Aber Malachy fühlte nach seiner Entlassung an der Universität eine ständig steigende Verantwortung als Mediziner. Sein Leben hatte einen starken Wandel erfahren. Der berufliche Erfolg als Wissenschaftler stand naturgemäß nicht mehr im Mittelpunkt, und die Anerkennung, deren er früher so sehr bedurft hatte, bedeutete ihm schon lange nicht mehr viel.
Das Lebensschicksal hatte ihn jetzt mitten hinein zwischen die Menschen gesetzt. Das Leiden und die Krankheiten der anderen waren sein tägliches Brot. Wie nie zuvor in seinem Leben war er mit dem Herzen bei seiner Arbeit, und er hatte endlich seine eigentliche Lebensaufgabe gefunden. Malachy war für die leidenden Menschen ein guter Arzt geworden.
Trotzdem – oder gerade deswegen – focht er seit Wochen einen schweren inneren Kampf aus. Seine Arbeit war gut, so wie er sie derzeit tat. Und sie befriedigte ihn. Aber er half den Menschen nur vorübergehend. Vor dem sichern Aussterben konnte er sie nicht bewahren.

Als Malachy an diesem Abend todmüde in sein Bett fiel, wusste er, dass es so nicht weitergehen konnte. Er war mit dreiundachtzig Jahren nicht mehr in der Lage, jeden Tag so lange zu arbeiten. Er allein würde die wenigen Menschen, die im Umland von Cleveland noch übrig geblieben waren, nicht retten können. Mit seiner täglichen aufopferungsvollen Arbeit würde er jedenfalls nichts mehr am Lauf der Dinge ändern – oder ehrlicher gesagt am Untergang der Menschen. Es war sinnlos geworden: Er pflegte lediglich die letzten Alten bis zu ihrem Tode.
Wut und Ohnmacht bemächtigten sich seiner, als er an seinen alten Freund Max dachte. Der saß oben in Manitoba mit seinen

Kindern und Enkelkindern auf seiner Insel, auf dem größten Schatz, den die Welt im Moment besaß. Er hatte alles erreicht, was er in diesem Leben erreichen konnte.

Die ganze Welt war dem Fortschritt und der Bequemlichkeit erlegen gewesen. Max hatte das früh als falsch erkannt und seinen eigenen Weg abseits davon gesucht. Was kaum einem Menschen gelungen war, hatte Max verwirklicht. Aber dann hatte er sich an diesen Erfolg geklammert. Er war nicht bereit, seine Gemeinschaft zur Rettung der Menschheit zu öffnen. Was fing der rote Max jetzt damit an? Er hatte die Möglichkeiten seines Lebensweges nicht voll ausgeschöpft. Und auch er – Malachy – war in einer Sackgasse gelandet.

Ob es noch eine Chance gab, wenn es ihm gelingen würde, Max für eine Rückkehr in die Gesellschaft zu gewinnen? Aber mit welchem Argument sollte er Max überzeugen? Wahrscheinlich gab es keines, das Max nicht entkräften konnte. Ein Versuch war aber sicher hoffnungsvoller, als die letzten Alten von Cleveland zu betreuen.

Eine langsam wachsende Aufregung erfasste Malachy und verdrängte seine mutlose Stimmung der vergangenen Stunden. Er hatte Max seit sechzig Jahren nicht mehr gesehen. Zwar war der Kontakt in den ersten Jahren über die Mails nie ganz abgerissen, aber nachdem auch dieser Kommunikationsweg in den letzten Jahrzehnten versiegt war, war die Verbindung zwischen ihnen beiden eingeschlafen. Wie konnte er nur glauben, dass Max auch heute noch so zu ihm stehen würde wie damals? Früher hätte jeder von beiden alles für den anderen getan, wenn es notwendig gewesen wäre.

Mal erinnerte sich an eine brisante Gegebenheit aus seiner Jugend. Max hatte ihm einmal geholfen, als die Polizei hinter ihm her war. Sie hatten beide Drogen genommen, und Mal hatte kurz danach seinen Wagen in den Graben gefahren. Max hatte alles auf sich genommen und ihn vor einem großen Desaster gerettet. Wenn sie ihn damals erwischt hätten, hätte er sein Studium an der medizini-

schen Fakultät der Universität einstellen können. Aber – ohne Frage – das Gleiche hätte er auch für Max getan.
Nun brauchte er Max' Hilfe dringender denn je. Malachys Gedanken rasten in seinem Kopf hin und her. Er war alt und müde geworden. Aber sein Wille und sein Ehrgeiz waren unverändert geblieben.
Wenngleich seine Fragen noch unbeantwortet geblieben waren, so schossen ihm bereits weitere Gedanken durch den Kopf: Würde er überhaupt noch nach Sedna-Island kommen können? Flugzeuge und Eisenbahn gab es nicht mehr. Mit der aussterbenden Menschheit hatten auch die Fabriken ihre Tore geschlossen, eine nach der anderen. Es gab schon seit vielen Jahren nicht mehr genügend Arbeiter, die große Projekte wie den Bau einer Eisenbahn bewerkstelligen konnten. Aber selbst wenn es noch möglich gewesen wäre, niemand hätte eine solche Leistung bezahlen können, zumal auch kein Geld mehr im Umlauf war. Vielleicht würde er noch ein solarbetriebenes Auto auftreiben können.

Mal drehte und wälzte sich in seinem Bett. Wer würde mit ihm gehen? Aus seinem Freundeskreis gab es keinen mehr. Susan war vor vierzehn Jahren gestorben. Die Verwandten waren entweder zu alt oder tot. Chuck wäre der Richtige für so etwas gewesen. Aber als er vor ein paar Monaten an sein Bett gerufen wurde, war auch er bereits gestorben.
Es war bereits nach 23.00 Uhr, als Mal noch einmal aufstand. Wie schon öfter in seinem Leben wurde er von einem neuen Ziel getrieben, von einer Vision, die ihn nicht mehr zur Ruhe kommen ließ. Diesmal duldete sie keinen Aufschub. Sie war wichtiger als alles andere in seinem Leben zuvor.

Sedna-Island, August 2082

Gedankenverloren saß Max auf der Veranda seines Blockhauses. Vor ihm spielte der kleine Paul mit Irvin und Joy im feinen Kies des Dorfplatzes. Paul war ein Urenkel von Max. Aber ausnahmsweise galt dessen Aufmerksamkeit nicht den Kindern, sondern einem Boot, das sich in einer Entfernung von etwa drei Meilen vom Ufer des Festlandes gelöst hatte. In den letzten Jahren hatten sie kaum noch Besuch erhalten. Manchmal dauerte es zwei oder drei Monate, bis jemand wieder mal ihre Insel aufsuchte.
Nicht immer waren die Absichten der Besucher freundlich gewesen. Der Hunger und die Not trieben die Menschen auch hier in der Einsamkeit immer wieder zum Rauben und zum Morden. Einmal waren sie nachts von zwei üblen Burschen überfallen worden, und es war nur Fynns Aufmerksamkeit zu verdanken gewesen, dass sie im Schlaf nicht überwältigt worden waren. Ein anderes Mal hatte ein älteres Ehepaar um Nahrung gebettelt, offensichtlich nur, um sie auszuhorchen und bei der nächstbesten Gelegenheit zu bestehlen.
So waren alle Bewohner von Sedna trotz der Seltenheit der Besuche immer auf der Hut. Auch Max entging die Bewegung am anderen Ufer trotz seiner schlechter gewordenen Sehfähigkeit nicht.
Das Boot bewegte sich langsam am Ufer entlang, hielt dann aber doch auf ihre Insel zu. Es bewegte sich nur sehr langsam vorwärts und als sein Bug endlich am Steg anstieß, standen zusammen mit Fynn, Wesley und Sammy, den drei stärksten Männern von Sedna, schon fast alle siebenundzwanzig Bewohner am Strand und sahen dem Besuch entgegen.
Auch Max hatte sich erhoben. Er benötigte inzwischen seine ganze Willenskraft, um sich mit Hilfe zweier Krücken langsam, aber einigermaßen sicher vorwärts zu bewegen. Eine starke Arthrose schränkte ihn seit zwei Jahren in seiner Beweglichkeit so stark ein,

dass man ihn meist nur noch in der näheren Umgebung seines Blockhauses finden konnte.
Als ein offenbar älterer Mann aus dem Boot stieg, blieb Max stehen, um sich besser auf den Ankömmling konzentrieren zu können. Fynn und die übrigen Männer standen um den Besuch herum, so dass Max nicht viel sehen konnte. Die fast weißen Haare und ein ziemlich faltiges Gesicht waren die auffälligsten Merkmale des Ankömmlings, die Max ausmachen konnte. Scheinbar führten sie mit ihm ein ruhiges Gespräch. Dann ging plötzlich eine Bewegung durch die Gruppe, sie öffnete sich, und Max sah, wie Fynn den alten Mann in seine Richtung führte. Der eigenartige steife Gang des alten Mannes fiel Max auf. Er schätzte, der Mann war ähnlich alt wie er selbst, und so schrieb Max die Gangart dem fortgeschrittenen Alter dieser Person zu. Als der Mann nur noch wenige Meter von ihm entfernt war, blieb er stehen. Sein forschender Blick richtete sich auf Max.
Es war, als suche er etwas Bestimmtes an ihm, ohne es jedoch zu finden. Der Mann war ohne Zweifel sehr müde. Auch spürte er die gespannte Aufmerksamkeit der anderen, die sich ihm, zusammen mit dem Mann, langsam genähert hatten, selbst wenn er sich im Moment ihre erwartungsvollen Augen nicht erklären konnte. Auch hatte Max sich bereits früh in seinem Leben dazu erzogen, sich nicht von den Blicken und der Beobachtung anderer irritieren zu lassen. Keiner sprach ein Wort. Alle schauten nur auf Max.
Dann richtete sich der Fremde ein wenig auf und ging die letzten Schritte auf Max zu. Er streckte Max die Hand entgegen. Als Max seine Stimme vernahm, tauchte plötzlich eine Zeit vor ihm auf, die er schon lange für immer verloren geglaubt hatte.
„Hallo Max! Ich bin Malachy, dein alter Jugendfreund!“
Max war, als verließen ihn seine Sinne. Schwindel erfasste ihn, und seine Hände klammerten sich krampfhaft um die beiden Krücken.
Mit einem Mal sah er wieder den Cuhahoga River fließen. Die Wellen bewegten sich träge und gleichmäßig entlang der großen

Sandbank. Er und Mal liefen am Ufer entlang und suchten irgendetwas. Er sah, wie sie ihre Angeln zum Fischen auswarfen. Es war wohl die unbeschwerteste Zeit in seinem ganzen Leben gewesen.
Max blickte ungläubig in Mals Gesicht: Diese fahle Haut, diese tief liegenden Augen, der steife Gang – es gab keinen Zweifel. Eine Welt, die er schon lange hinter sich gelassen zu haben glaubte, war mit einem Mal zurückgekehrt. Eine alte und müde Welt taumelte da erneut in seinen Gesichtskreis hinein, ungefragt und unangekündigt. Fragen und Ängste drängten sich ihm auf. Würde er diese letzte Wendung in seinem Leben noch verkraften können? Max schwankte.
Dann ergriff er die Hand, die sich ihm entgegenstreckte, und zog Malachy an sich. Als die zwei alten Männer sich umarmten, schien die Zeit für Jahre zurückgedreht zu sein. Nur das leise Plätschern des Sees legte sich zart über der beiden Freunde Schluchzen.
Als sie mit fünf oder zehn Jahren in den Wäldern und Wiesen gespielt hatten, hatten sie nicht gewusst, welch wunderbare Zeit sie zusammen verleben durften. Sie waren einfach glücklich gewesen, ohne sich dessen bewusst zu sein. Sie hatten nicht nachgedacht, sie hatten einfach nur gelebt. Alles, was ihnen damals noch bevorstand, hatte das Schicksal ihnen gnädigerweise in Nebel gehüllt.
Die anderen hatten sich um die beiden herum versammelt und schwiegen betroffen. Keiner wagte, diesen bewegenden Moment zu stören. Selbst die Kleinsten bemerkten offenbar die besondere Bedeutung dieses Augenblickes.
Als Max sich nach endlosen Minuten von Mal löste, hielt er dessen Hände weiter fest, als hätte er Angst, diese wunderbare Begegnung könnte sich wieder ins Nichts auflösen.
Die beiden Männer blickten sich in die verweinten Augen, und langsam kehrte auch das Lachen wieder auf ihre Gesichter zurück. Sie lachten über ihre Bärte, über ihre Falten, über ihr Alter und über ihre Gebrechlichkeit.
„Mal! Ist das wirklich wahr? Wie hast du das nur schaffen können? Ich freue mich so!“

„Ich wollte unbedingt noch mal mit dir zum Fischen gehen, auch wenn's nicht der Cuyahoga ist."
Das ehrfürchtige Schweigen der Übrigen löste sich langsam auf, und sie kamen näher.
„Weißt du noch, wie wir den riesigen Wels an Land gezogen haben? Sicher habt ihr hier auch ähnliche Fische zu bieten!"
Immer wieder kamen den beiden die Tränen, und immer wieder umarmten sie sich.
Schließlich setzten sie sich auf die Veranda. Ein Besuch war auf Sedna ohnehin zur Seltenheit geworden. Aber ein solches Ereignis hatten sie hier natürlich schon lange nicht mehr gehabt. Man holte Stühle, und alle drängelten sich um Mal und Max. Keiner wollte etwas versäumen von den Erzählungen und Neuigkeiten. Als der Abend kam und die Dunkelheit hereinbrach, rief Arnaq zum Abendessen.
„Ich habe schon lange nicht mehr ein solch köstliches Stück Fleisch gegessen", meinte Mal zu Arnaq gewandt.
„Danke", sagte Arnaq. „Das ist für uns wie für euch das tägliche Brot. Gleichzeitig ist es für uns eine Gewähr gegen die Kinderlosigkeit. Ohne diese Ernährung hätten wir wohl auch keine Kinder mehr."
„Glaub mir", schaltete sich Max ein, „anfangs war ich auch ganz verrückt auf den tollen frischen Fisch und das Robbenfleisch. Aber nach über sechzig Jahren träume ich nun manchmal doch von einem stinknormalen Hamburger oder von einer Tafel Schokolade."
„Ich hab noch welche in meinem Proviant", lachte Mal.
Schnell wehrte Max ab. „Mir würde es zwar heute nicht mehr schaden. Aber wir haben unsere strengen Regeln hier. Wenn ich vor den Augen der Kinder solche Sachen essen würde, wäre das schon eine ziemliche Verführung. Es ist besser, wenn wir alle die gleiche Ernährung einhalten. Deshalb würde ich auch dich bitten, deinen Proviant streng unter Verschluss zu halten oder besser noch, ihn möglichst morgen noch zurück ans Land zu bringen und dort zu verstecken."

Malachy sah die Notwendigkeit sofort ein und versprach, sich entsprechend zu verhalten.

Nach dem Essen setzten sich die beiden Männer in eine gemütliche Ecke des Hauses und erzählten von alten Zeiten. Und dann stellte Max die unausweichliche Frage. Nicht, dass Malachy Angst davor gehabt hätte. Er hatte mit Max schon nach wenigen Stunden die alte Vertrautheit wiedergefunden, die sich damals in so vielen intensiven Jahren aufgebaut hatte. Er fühlte sich auch nicht in der Defensive, noch wollte er etwas Schlechtes von Max. Das war es nicht. Es hing einfach zu viel davon ab, wie er sein Anliegen vortragen und wie Max darauf reagieren würde.
„Mal, warum bist du eigentlich gekommen? Ich meine, warum hast du in deinem Alter diesen beschwerlichen Weg auf dich genommen? Hattest du einen bestimmten Grund?"
Malachy sah ihm in die Augen. Er hatte sich vorher alles hundertmal überlegt und ganz genau zurechtgelegt. Trotzdem fehlten ihm jetzt die richtigen Worte. Mal schluckte, und Max sah, wie sich eine tiefe Traurigkeit über sein Gesicht legte.
„Seit zwanzig Jahren arbeite ich jetzt als normaler Arzt. Ich versuche, den Menschen bei allen Krankheiten zu helfen, die sie befallen können", begann Malachy.
„Am Anfang war ich froh, den Menschen in einer Situation helfen zu können, in der es für viele scheinbar keine Hilfe mehr gab. Keine Medikamente, keine Ärzte und kein Geld, um einen Arzt zu bezahlen, wenn du das Glück hattest, doch einen zu finden. Aber dann wurde mir das ganze Elend des Untergangs der Menschheit klar. Die Menschen, die zu mir kamen, wurden immer älter. Ich musste mich täglich mit ihnen beschäftigen, mich um sie kümmern und sie anfassen. Viele begleitete ich dabei, älter zu werden und zu sterben. Das ist etwas anderes als wenn du immer nur deine Nachbarn und deine Familie siehst. Täglich wurde mir das Sterben der Menschheit in aller Härte vor Augen geführt." Die Qual in Malachys Gesicht war kaum zu übersehen.

„Ich habe die Menschheit in den Untergang begleitet, Max. Es war furchtbar. Und jetzt brauche ich jemanden, der mir hilft. Max, du musst mir helfen!“
Malachys Stimme war immer lauter und eindringlicher geworden. Alle Anwesenden im Raum drehten sich jetzt zu ihnen um. Sie hatten den Hilferuf eines Menschen gehört, der in den letzten zwanzig Jahren seines Lebens nur für andere da gewesen war, der mit eigenen Händen und Augen miterlebt hatte, wie die Menschheit langsam ausstarb.
Mal wusste nicht, wie er all das Unglück, wie er seine Bitte an Max in Worten ausdrücken sollte. Max sah einen alten Mann vor sich sitzen, der verzweifelt war, aber trotz aller Tragik noch nicht gebrochen. Er hatte diesen schweren Weg nicht umsonst zurückgelegt. Mal hatte noch einen Wunsch, und Max ahnte diesen Wunsch nur zu genau. Max’ Angst, diesen Wunsch aus Mals Mund zu vernehmen, war größer als Mals Angst, den Wunsch Max gegenüber auszusprechen. Ihrer beider Lebensweg war völlig verschieden verlaufen. Und doch näherten sie sich jetzt dem gleichen Ziel an, wenn auch aus verschiedenen Richtungen.
„Max, es gibt nur noch wenige Menschen, die die Menschheit vor dem Untergang bewahren können, und du bist einer von ihnen. Es gibt nur noch wenige weiße Flecken auf diesem blauen Planeten. Sedna-Island ist einer davon.“
„Und er wird es auch bleiben“, fiel ihm Max barsch ins Wort.
Tom, Fynn und alle anderen im Raum waren wie erstarrt. Sie saßen da wie Zuschauer bei der Aufführung eines griechischen Dramas, und Malachy und Max trieben das Stück seinem Höhepunkt entgegen.
„Max, so einfach kannst du die größte Herausforderung deines Lebens nicht abtun. Du hast dein ganzes Leben lang gut für deine Familie und deine Freunde gesorgt. Jetzt musst du deinen Horizont aber etwas erweitern. Es geht um mehr als nur um *dein* Glück. Die Zukunft der Menschen hat Gott vielleicht auch ein kleines Stück

in deine Hand gelegt. Du darfst diese Verantwortung nicht einfach ignorieren."
„Ich habe ein Leben lang nur auf mich selbst gehört. Ich habe mich nicht lenken und dirigieren lassen. Dafür hat man mich verachtet und ins Abseits getrieben. Und jetzt soll ich den Menschen, die meine Denkweise immer bekämpft haben, die Hand reichen? Nein, Mal! Du verlangst zu viel von mir. Diese marode Welt muss ihre Probleme selbst lösen. Das überfordert unsere kleine Gemeinschaft bei weitem. Von Menschen, die ohne eine Spur von Skrupeln diesen Planeten zugrunde gerichtet haben, kannst du nicht erwarten, dass sie sich ab morgen ändern, nur weil wir ihnen helfen wollen. Menschen, die nie gelernt haben, auf ihre eigene innere Stimme zu hören, Menschen, ihr Gewissen ignorieren, werden sich nicht ändern, nur weil ich zu ihnen komme!"
Sie saßen eine Weile schweigend nebeneinander. Jeder dachte über ihre Auseinandersetzung nach.
„Max, ich habe noch eine Bitte", begann Malachy nach einiger Zeit vorsichtig.
„Natürlich", sagte Max. „Sag schon."
„Ich habe schon seit über fünfzig Jahren kein kleines Kind mehr gesehen. Ich würde gerne einmal wieder eines in den Arm nehmen. Würdest du mir diesen Wunsch erfüllen?"
Max starrte seinen Freund fassungslos an. Trieb Mal jetzt nur ein taktisches Spiel? Wollte er an seine Gefühle appellieren und ihn weich kochen? Oder konnte es sein, dass er wirklich von dem Wunsch beseelt war, endlich wieder einmal ein Kind in den Arm nehmen zu können?
Max atmete tief durch. Malachys Gesicht gab ihm die Antwort. Ganz vage, wie wenn ein dichter Nebelschleier sich zu lichten beginnt, begann Max zu begreifen, welch furchtbares Leben Mal in den letzten Jahren umgeben hatte. Er selbst war so weit von dieser schrecklichen Realität der Welt entfernt gewesen, dass er sie nicht mehr hatte erfassen können. Sie war nicht einmal mehr Bestandteil seines Denkens und seiner Vorstellungskraft gewesen. Erst mit

Mals Bitte bekam dieses Leiden der anderen Welt auch für ihn eine Wirklichkeit und ein eigenes Gesicht.
Natürlich konnte er seinem alten Freund diesen Wunsch nicht abschlagen. Da saßen sie: D'ashana war drei Jahre alt, die süße Ataciara war zwei, und Paul, Wesleys behinderter Sohn, war vier Jahre alt. Max stand auf und ging auf die drei Kinder zu. Die Kinder wurden auf Sedna natürlich von allen verwöhnt und geknuddelt, wann immer es ging. Aber Fremden gegenüber hatten sie ein ebenso ablehnendes Verhältnis. Sie waren den Umgang aufgrund ihrer Erziehung, die ihnen gebot, jeden Kontakt mit Fremden aus Sicherheitsgründen zu meiden, nicht gewöhnt.
Aus diesem Grunde war sich Max seiner Sache nicht ganz sicher. Paul hätte sicherlich den geringsten Unmut gegenüber Mal gezeigt. Aber sollte er seinem alten Freund nach den vielen Jahren des Kummers ein behindertes Kind in den Arm legen? Und Paul? Würde der Kleine es ihm nicht übel nehmen, wenn er eines der beiden gesunden Mädchen vorzog? Natürlich merkte ein solches Kind sofort, wenn es wegen seiner Behinderung zurückgestellt wurde.
Max zögerte. Dann ging er zu Joy. „Darf ich D'ashana einmal zu Mal bringen?"
„Aber natürlich", erwiderte Joy.
Sie stand auf und legte die Hand ihrer kleinen Tochter in Max' Hand. Max nahm das Kind vorsichtig und führte es zu Mal. Zwei offene, freundliche Kinderaugen blickten ihn erwartungsvoll an.
„Darf ich dich auf meinen Schoß heben?", fragte er.
Sie nickte.
Der Kummer und die Sorgen der letzten Wochen und Monate verschwanden augenblicklich aus Malachys Herz, als er das Kind behutsam zu sich emporhob.
Max aber erkannte, was er soeben getan hatte. Im gleichen Moment, in dem er D'ashana Mal gegeben hatte, war ihm bewusst geworden, dass alle anderen zugesehen hatten und dass sie die Symbolik seiner Handlung sicher nicht übersehen hatten. Er hatte

seinem Freund das junge Leben von Sedna in die Arme gelegt, und nicht nur er fragte sich, ob er genauso mit der gesamten Gruppe ihrer Insel vorgehen würde. Würde er sich entschließen können, ihre kleine Gemeinschaft für Malachy und seine Welt wieder zu öffnen? Die beiden Männer mussten ihrem Alter bald Tribut zollen und gingen beizeiten zu Bett. Zu viel war an diesem Tag geschehen.

Am nächsten Morgen zeigte Fynn Malachy die Insel. Fynn hatte schon seit einigen Jahren die Leitung des Dorfes übernommen. Anfangs hatten Tom und Max die Entscheidungen gemeinsam gefällt und über die Einhaltung ihrer Regeln gewacht. Aber mit zunehmendem Alter war Tom gleichgültiger geworden und nicht mehr so einsatzfreudig wie früher. Max allein war etwas überfordert. Er war zu sehr auf Absicherung gegen schädliche Einflüsse von außen bedacht, wobei er manchmal das richtige Maß bei weitem überschritt. Er merkte nicht, wie er sich immer mehr einigelte und die Insel in eine völlige Isolation steuerte.
Sein ältester Sohn Inuk verfügte nicht über die Führungseigenschaften von Max und überließ lieber anderen das Ruder. So kam es, dass dessen Sohn Finnyard sich schon in jungen Jahren zu Max' Nachfolger entwickelt hatte. Er war nicht nur von seiner kräftigen Statur her zum Anführer prädestiniert, auch seine Ausstrahlung bewegte die Menschen um ihn herum dazu, seinen Vorschlägen bereitwillig zu folgen.
Fynn, wie er von allen gerufen wurde, hatte sich bereits früh mit Zoe, einer Tochter von Tom und Alisha, zusammengetan, obwohl sie fast zehn Jahre älter war als er. Aber so groß war die Auswahl nicht gewesen und man war auf Sedna stets bemüht, unter sich zu bleiben, um nicht bereits geschädigte Gene einzuschleppen. Als Max schließlich seine Bewegungsfähigkeit immer mehr einbüßte, war der Zeitpunkt gekommen, an dem das Kommando über Sedna endgültig auf die jüngere Generation überging.

Zoe führte ein strenges Regiment in Ihrem Haus, dem sich nicht nur Tom und Alisha beugen mussten. So waren Fynn und Zoe als führendes Paar der Insel eher etwas gefürchtet als geliebt. Aber sie machten ihre Sache so gut, dass keine Alternativen zu ihnen in Frage kamen.
Fynn zeigte Malachy nicht nur die Insel; sie gingen auch in alle Häuser, setzten sich hie und da zu einem kleinen Plausch nieder, und Malachy lernte allmählich die Menschen und ihre Verwandtschaftsverhältnisse kennen.
Besondere Zuneigung empfand er bei seinen Besuchen für Myra, der Tochter von Eve und Daniel. Myra war einunddreißig Jahre alt und hatte selbst schon zwei Kinder: Nukka und Owen. Von Alisha hatte sie die Krankenpflege übernommen. Aber nebenbei hatte sich ihr Haus zur allgemeinen Teestube entwickelt. Denn Myra sammelte mit Begeisterung Kräuter und Pflanzen und benutzte sie für Tees und zum Heilen. Zu seiner Freude hatte Malachy schon bei seinem ersten Besuch Myras Kräuterkundigkeit entdeckt und fand sich als homöopathischer Arzt in der folgenden Zeit natürlich gerne zum Gedankenaustausch bei ihr ein.
Aber das war es nicht allein, was ihn und andere zu ihr hinzog. Myra hatte sich zu einem sehr selbstständigen Menschen entwikkelt. Sie ließ sich von niemandem Vorschriften machen, auch nicht von ihrem Großvater Max. Ihre klaren und reifen Gedanken ließen sich nicht in das enge Netz von Max' Sedna-Ideologie pressen. Trotzdem hielt sie sich an die allgemeinen Regeln, und es gab wohl niemanden im Dorf, der einmal einen ernsthaften Streit mit ihr gehabt hätte. Hätten sie auf Sedna einen Richter gebraucht, wäre Myra wohl die ideale Besetzung gewesen. Feinfühligkeit und Weitsichtigkeit waren weitere typische Eigenschaften von Myra.
Die Menschen, die in einem solch engen und ausschließlichen Kontakt mit der Natur lebten, hatten ein gutes Gespür für die Gestik und Mimik, für die Aura und die Ausstrahlung eines Menschen, und eben all diese Dinge konnten sie bei Myra in einer harmonischen und sympathischen Weise vereint beobachten. So

war es nicht verwunderlich, dass viele mit ihren alltäglichen Sorgen zu Myra kamen. Sie hatte immer ein offenes Ohr für andere und war allmählich zur Seelsorgerin und Ratgeberin der Insel geworden.

Max zeigte sich am nächsten Tag betont zurückhaltend und vermied es, mit Malachy allein zu sein. Sein hartes „Und so wird es auch bleiben“ hatte er noch nicht zurückgenommen. Er kämpfte mit sich selbst, konnte sich aber nicht zu einem anderen Entschluss durchringen.
Am dritten Tag nach Mals Ankunft trafen sie dann doch aufeinander, und beide waren erleichtert, die nicht bereinigten Dinge zwischen ihnen endlich besprechen zu können. Anfangs schlichen sie noch um das heiße Thema herum. Aber sie waren beide stark genug, um offen über ihre Fragen zu diskutieren.
„Was haben wir falsch gemacht“, fragte Mal, „dass wir in eine solche Lage kommen konnten? Hatte die Welt überhaupt eine echte Chance, nicht in diese Katastrophe hineinzugeraten?“
„Die Welt ist in nichts hineingeraten. Sie hat die Katastrophe selbst herbeigeführt. Sie ist selbst verantwortlich für das, was passiert ist“, antwortete Max. „Man kann die Schuld nicht immer woanders suchen.“
Sie sahen einander an. Die Pausen waren länger als die Worte, die sie aussprachen.
„Das waren auch nicht nur die Bosse und die Politiker. Das waren die, die nicht den Mund aufgemacht haben, obwohl sie gesehen haben, was die Bosse wollten. Ihre eigenen Vorteile waren ihnen wichtiger. Ihr habt eure Augen und Ohren verschlossen vor dem, was geschehen ist.“
Max hatte von der dritten zur zweiten Person gewechselt und Mal mit einbezogen. Er wusste, dass er ihm damit teilweise Unrecht tat. In den letzten Jahren hatte sich Malachy sehr geändert. Er war zum Jäger geworden, in dem Sinne, wie Max es meinte. Aber Ma-

lachy musste jetzt, ob er wollte oder nicht, den Part der Menschen übernehmen, denen er helfen wollte.
„Ihr wolltet es nicht wahrhaben, was sich vor euren Augen abgespielt hat. Ihr habt gesehen, dass die Politiker euch ständig betrogen haben. Sie sind falscher als der falscheste Fünfziger. Und trotzdem habt ihr sie immer wieder gewählt. Warum nur?"
Malachy wollte etwas entgegnen. Aber er resignierte schließlich, weil er wusste, wie Recht Max hatte.
„Geht man etwa zur Bank und gibt einem Betrüger seine Unterschrift für eine Blankovollmacht zum eigenen Konto? Warum habt ihr also diesen Lumpen an der Wahlurne immer wieder mit eurer Unterschrift bescheinigt, dass ihre Betrügereien in Ordnung sind? Ich sage dir warum: Solange der Magen voll und das Bett warm ist, solange war es bequemer für euch. Ihr hattet eure Ruhe. Warum hättet ihr ehrlich sein sollen und in eine ungewisse Zukunft steuern sollen? Ihr wart Duckmäuser und Absahner!"
Max war jetzt in voller Fahrt. Mal wusste, dass es sinnlos war, diesen Mann zu bremsen. Das war Max, so wie er ihn auch früher schon erlebt hatte. Wie ein Vulkan, der ausgebrochen war. Stoppen konnte man ein solches Naturereignis nicht mehr – nur in Deckung gehen.
„Aber das war nicht alles. Sie haben euch eurer Freiheit beraubt, ohne dass ihr euch gewehrt habt. Sie haben euch Handschellen angelegt, und ihr habt sie gelobt. Sie haben euch ins Verlies gesperrt, und ihr habt Beifall geklatscht. Wieso, fragst du? Du meinst, das stimmt nicht? Ich werde es dir beweisen: Es war in Wirklichkeit viel perfider, viel heimtückischer als ein Verlies oder Handschellen!"
Es schien fast so, als ob Max all die Vorwürfe, die jahrelang niemand hatte hören wollen, jetzt an Malachy richtete. Malachy stand vor ihm als Vertreter der Menschheit, und Max war der Richter. All die Verbitterung, die ihn vor mehr als sechzig Jahren dazu getrieben hatte, seine Heimat zu verlassen und in dieser einsamen, weltabgewandten Gegend ein neues Leben zu beginnen,

schien jetzt über seine Lippen zu fließen. Ganz Sedna stand wie angewurzelt um ihn geschart und hörte ihm zu.
Ja, das war der Mann, der sie hierher geführt hatte. Er hatte sie alle mit seinem Weitblick und seiner Unnachgiebigkeit beschützt, und sie wussten es. Niemand wagte, Einspruch zu erheben. Selbst die kleinsten Kinder waren still. Die Macht, mit der der alte Mann hier sprach, zog alle in seinen Bann. Sie hingen an seinen Lippen, nicht weil er keinen Widerspruch geduldet hätte, sondern weil er die Wahrheit sprach. Das hier war die Endabrechnung eines Mannes, den die Welt missachtet hatte und dessen Denken und Handeln ihnen doch um Lichtjahre voraus gewesen war.
„Eure Journalisten und Medien-Zare haben euch abends vor dem Fernseher gleichgeschaltet. Es war immer die gleiche Botschaft, die sie gesendet haben. Mal ein Krimi, mal ein Western, mal ein Thriller, Hauptsache Gewalt. Manchmal gab's Erotik, manchmal eine Talkshow. Ihr wolltet doch bloß unterhalten werden. So kamt ihr wenigstens nicht zum Nachdenken und wart nicht verpflichtet, mit euren Mitmenschen zu reden. Was für eine Zumutung wäre das auch gewesen! Ihr habt abgeschaltet. Aber nicht den Fernseher, sondern euer Hirn! Stattdessen habt ihr geglaubt, was euch auf der Mattscheibe vorgeflimmert wurde. Und irgendwann habt ihr dann brav alle das Gleiche gedacht und getan. Ihr wurdet gleichgeschaltet!
Warum hat kaum einer diese Uniformität gespürt? Warum wolltet ihr eure Individualität nicht zurückhaben? Worin habt ihr euch eigentlich noch unterschieden? Ein rotes T-Shirt statt ein blaues oder vielleicht ein anderes Auto oder ein noch neueres Handy? Das Handy macht den Mann! Das Marken-T-Shirt macht die Frau! Die Statussymbole waren die Unterschiede, an denen ihr euch erkannt habt und die euch euren Rang verliehen haben. Es gab Zeiten, da waren die Menschen noch charakterisiert durch ein gutes Herz oder einen hervorragenden Geist, manchmal auch durch eine geschickte Hand. Aber nicht mehr in eurer Zeit.

Sie hatten leichtes Spiel mit euch, weil ihr alle gleich wart. Ihr wart auswechselbar. Euch in den Griff zu bekommen, war für die Lenker und Mächtigen doch ganz leicht. Schließlich passte eine Strategie auf alle. Das waren die Handschellen, die sie euch angelegt hatten. Es waren geistige Handschellen! Es war eine geistige Unfreiheit!"

Max' Stimme wurde jetzt noch eindringlicher: „Und dann habt ihr langsam den Lebensrhythmus nicht mehr gespürt. Ihr konntet euch nicht mehr erinnern, wie es einmal gewesen war, bevor ihr wie Marionetten an unsichtbaren Fäden gelenkt wurdet. Ihr wart blutleere Roboter, von wissenschaftlichem Fortschrittsglauben durchdrungen. Aber das Leben ist etwas anderes. Es ist nicht planbar, nicht messbar. Du kannst es nicht wie ein Wissenschaftler in seine Einzelbestandteile zerlegen und nach Vorschrift wieder zusammensetzten. Das Leben verläuft ungereimt und sprunghaft. Es gibt ein Schicksal und eine Bestimmung. Aber das passt ja nicht in die naturwissenschaftliche Welt hinein. Das wäre etwas, was man nicht so leicht in den Griff bekommt. Deshalb ist es auch nicht erwünscht.

Die, die das Spiel nicht mitgespielt haben, habt ihr an den Pranger gestellt. Sie waren die Outsider, die euch stets ein unübersehbares Warnsignal gegeben haben. Sie waren wie ein permanentes Brandeisen in eurem Fleisch. Aber dieser Schmerz und die verbrannte Luft waren euch zuwider. Ihr wolltet 's lieber bequem. Sie waren die Jäger und ihr die Sesshaften, die ihren Besitzstand bewahren wollten. Deshalb habt ihr sie eliminiert, einen nach dem anderen, bis auf den Letzten."

„Nur einen nicht", murmelte Mal leise. „Und das bist du."

Max hatte sein Plädoyer beendet. Erschöpft schwieg er. Dann schüttelte er den Kopf.

„Nein, ich glaube nicht, dass ich ein guter Jäger war. Aber ich hab's wenigstens versucht."

Malachy dachte nach. Er merkte, dass Max wohl alles gesagt hatte, was er hatte sagen wollen. Alles, was zwischen ihm und der anderen Welt stand.
„Schau dir deine Welt an, Max", sagte Mal nach einer Weile. „Bist du glücklich geworden? Kannst du glücklich sein, wenn du weißt, dass kein Mensch mehr auf dem ganzen Planeten ein solch kleines Kind auf dem Arm halten kann wie eure süße D'ashana? Kannst du wirklich glücklich sein, wenn das ganze Glück dieser Erde nur noch den wenigen Menschen auf Sedna-Island gehört? Was hast *du* falsch gemacht?
Du warst sicherlich ein guter Jäger. Aber wenn ein Jäger nur noch jagt, um alles für sich selbst zu behalten, dann wird er zum Sesshaften, er fängt an, seinen Besitzstand zu verteidigen. Du hast dich hier abgeschottet. Du hast die anderen an deinen guten Ideen nicht teilhaben lassen. Du hast alles für dich und deine Insel behalten wollen. Max, du bist zum Egoisten geworden!"
Mal wusste, wie vorwurfsvoll seine Worte klingen mussten. Er spürte auch die zunehmend feindseligen Blicke um sich herum. Aber wenn seine Reise einen Sinn gehabt haben sollte, dann musste er jetzt kämpfen und Max Paroli bieten.
„Max, du stehst an der Schwelle und musst dich entscheiden: Willst du allein weitergehen oder willst du die anderen mit in dein Boot nehmen? Nur gemeinsam können wir das schwierige Ziel erreichen. Oder glaubst du etwa, ihr wenigen hier könntet auf Dauer überleben? Ich habe den kleinen Paul gesehen. Er ist doch behindert, nicht wahr?"
„Ja, du hast Recht."
Mal sah, wie schwer Max dieses Eingeständnis fiel.
„Sind seine Eltern, Kristin und Wesley, eigentlich miteinander verwandt?"
Max nickte stumm.
„Ich bin Arzt und kenne mich in diesen Dingen besser als jeder andere aus. Mit deiner kleinen Gruppe wirst du schneller unter Inzestproblemen leiden, als du glaubst. Ich könnte euch helfen. Ich

weiß mehr über die Gen-Verseuchung, als du je erfahren wirst. Vielleicht könnte es uns gelingen, andere Gruppen zu finden wie eure hier auf Sedna.“ Malachy sah Max bittend an.
„Du weißt, dass ich nicht mehr für mich bitte. Ich habe genauso wenig Lebenszeit übrig wie du. Aber die Zukunft der Welt braucht Sedna, Max. Es geht nur gemeinsam. Einen einzelnen Weg aus dieser Krise gibt es nicht!“
Lange schwiegen beide. Das Streitgespräch hatte sie viel Kraft gekostet.
„Lass mir etwas Zeit“, sagte Max schließlich. „Ich möchte noch einmal darüber nachdenken.“
Beim Weggehen drehte sich Max noch einmal zu Mal um.
„Mal. Du bist schon längst nicht mehr im Lager der Sesshaften. Ich glaube, ich könnte als Jäger noch manches bei dir lernen.“

Sedna-Island, September 2082

Drei Wochen später war Max eines Morgens spurlos verschwunden. Arnaq hatte sofort gewusst, dass es sich nicht um einen Unfall handeln konnte. Zu vertraut war Max mit allen Gefahren, die ihm hier drohen konnten. Sie ahnte, dass er sich selbst erlöst hatte. Das Wissen um seine Unfähigkeit, sich noch einmal der übrigen Menschheit zu öffnen, hatte ihn in den Tod getrieben.

Er hatte sich nicht überwinden können, Sedna-Island aufzugeben und zurück in die Welt zu gehen. Aber er mochte Malachy auch keine Absage erteilen. Er spürte, dass Mal für die Wahrheit kämpfte. Sein Lebenswerk aufs Spiel zu setzen, brachte er aber auch nicht über sein Herz. So hatte er sich über die Tage hinweg gequält, ohne Ziel, nur Verzweiflung und Kummer im Herzen, zerrüttet von dem Zwist, seine Insel zu retten oder der Welt zu helfen.

Weil er seine Insel bei Fynn und Zoe in guten Händen wusste, wollte er den Weg freimachen – für eine Entscheidung, die er selbst nicht mehr mitzutragen vermochte. Ein gesundes Misstrauen den anderen Menschen gegenüber und seine Neigung, nur auf sich selbst zu hören, hatten ihn zu seiner einmaligen Lebensleistung getrieben. Aber sie hatten ihn auch daran gehindert, der am Abgrund stehenden Menschheit noch einmal die Hand zu reichen.

Obwohl sie ihn tagelang mit allen Hunden zusammen suchten, wurde er nicht mehr gefunden. Doch Max lebte weiterhin mit ihnen. Seine Gesinnung, die Stück für Stück Sedna erbaut hatte, sprach aus vielen einzelnen Dingen und blieb Bestandteil ihres Lebens.

Malachy traf der Tod seines besten Freundes hart. Er machte sich Vorwürfe, diesen Tod verschuldet zu haben, und das war nicht so ganz falsch. Max' Familie, die über Malachys ungewolltes Eindringen und Max' nachfolgenden Tod eigentlich erzürnt hätte sein müssen, kümmerte sich in besonderer Weise um Mal. Sie hatten

nicht vergessen, wie viel die beiden Männer im Leben miteinander verbunden hatte. Obwohl sie mehr als sechzig Jahre getrennt gewesen waren, hatte ihre Freundschaft nie aufgehört zu existieren. Arnaq bot Mal an, sich von den alten Gegenständen aus Max' Jugendzeit ein paar Erinnerungsstücke herauszusuchen.
Tom, der schließlich in einem ähnlichen Alter wie Mal war, saß tagsüber viel mit Mal zusammen und erzählte von den Jahren des Aufbaus. Er wusste noch viele Dinge zu berichten, die Fynn und selbst Mike bereits fremd waren. Die Schuldgefühle konnte Mal jedoch keiner nehmen.
Lediglich bei Myra fand Mal etwas Trost. Sie hörte einfach nur zu und versuchte erst gar nicht, seine Gedanken zu beschwichtigen. Darüber hinaus war sie immer sehr an seinen Kenntnissen als Arzt und Homöopath interessiert und verstand es, ihn durch ihre Fragen geschickt zu beschäftigen. Mal erfuhr hierdurch etwas Ablenkung. Er behandelte zusammen mit Myra die Kranken, die zu ihnen kamen, und vermittelte ihr dabei viel von seinem Wissen.
Wenn die Frauen und Kinder um Rat gesucht und das Haus dann wieder verlassen hatten, sprachen sie häufig über gynäkologische Probleme. Oft schnitt Malachy auch das Thema der Genetik an. Er wusste mit seinen dreiundachtzig Jahren um seine kurze verbleibende Lebenszeit und versuchte, Myra möglichst viel von seinem Wissen weiterzugeben. Myra hörte aufmerksam zu, zunächst nur aus Interesse an den medizinischen Zusammenhängen, aber im Laufe des folgenden Winters erkannte sie die Systematik von Malachys Unterrichtsstunden. Längst ging ihr Wissen über die Bedürfnisse der Bewohner von Sedna hinaus.
Viele gynäkologische Kenntnisse waren hier gar nicht notwendig und auch nicht anwendbar. So keimte in ihr langsam der Verdacht, dass Mal sie für Aufgaben außerhalb von Sedna fit machen wollte.

Sedna-Island, Juni 2083

Tatsächlich wollte Malachy Myra gern seine Kenntnisse weitergeben. Aber er verlor nie mehr ein Wort darübersie zum Verlassen von Sedna zu bewegen. Zu tief saß die Überzeugung, dass er die Schuld an Max' Tod trug.

Eines Tages, als der Frühling schon Einzug gehalten hatte, überraschte Myra Mal mit dem Vorschlag, einen Ausflug aufs Festland zu unternehmen. Malachy war in seinem Alter nicht mehr auf größere Reisen erpicht. Aber einen Tagesausflug in die Umgebung bot ihm nach dem langen Winter endlich wieder etwas Abwechslung. Außerdem hatte er in den sieben Monaten seines Aufenthalts auf Sedna noch nicht viel von der Umgebung gesehen. Also willigte er gerne ein.

Zuallererst zeigte Myra ihm Max' erstes Haus am Fluss. Dann fuhren sie mit dem Boot die Flussläufe ab bis ans Meer. Viele Stellen waren noch zugefroren. Aber Myra war hier zu Hause und wusste die Engpässe geschickt zu umschiffen. Als sie am offenen Meer ankamen, machten sie eine Pause. Mal packte den Proviant aus. Aber als Myra den ersten frischen Lachs aus dem Wasser fischte, ließen sie das getrocknete Robbenfleisch, das sie den ganzen Winter über gegessen hatten, liegen und machten sich über den Fisch her. Die lange Fahrt hatte sie hungrig gemacht, und sie genossen es, die Eintönigkeit von Sedna hinter sich gelassen zu haben.

„Mal, ich wollte dir endlich einmal danken für die viele Mühe, die du dir mit mir gemacht hast."

Malachy wollte abwehren, aber Myra war nicht so leicht zu beschwichtigen. Sie reichte ihm ein kleines Päckchen.

„Du hast regelmäßig viele Stunden deines Tages geopfert und mich unterrichtet. Ich möchte dir dafür als Dankeschön diese Fellstiefel schenken. Die Inuit nennen sie Kamiit. Ich habe sie im

Winter selbst gemacht. Sie sind sicher wärmer und geeigneter als die Schuhe, die du noch von zu Hause mitgebracht hast."
Mal nahm das Paar Stiefel aus Seehundfell, das Myra ihm entgegenhielt. Er war gerührt von dem Bemühen der jungen Frau, ihm eine Freude zu machen. Dankend nahm er das Geschenk an.
„Es wäre allerdings schade", fuhr Myra fort, „wenn dieses enorme Wissen, das du mir vermittelt hast, ungenutzt bleiben würde. Wir sind uns bestimmt beide im Klaren darüber, dass viele dieser Kenntnisse auf Sedna überflüssig sind. Um jedoch zu entscheiden, ob und wie ich meine Kenntnisse anders anwenden kann, muss ich mich zuerst ein wenig außerhalb von Sedna umsehen. Deshalb habe ich mich entschlossen, unsere Insel zu verlassen."
Malachy fuhr hoch. Aber Myra ergriff seine Schultern und drückte ihn wieder sanft auf seinen Sitz zurück.
„Beruhige dich, Mal. Ich werde Sedna nicht für immer verlassen. Ein halbes Jahr wird wahrscheinlich reichen für das, was ich vorhabe."
Mal war beeindruckt von der Ruhe und der Klarheit, mit der Myra sprach. Er glaubte von sich, eine gute Menschenkenntnis im Laufe des Lebens erworben zu haben. Aber er hatte in Myras Verhalten nicht eine Spur von Besonderheit oder Erregung erkennen können, als sie diese Worte aussprach – und das obwohl sie hiermit sicher eine besondere Entscheidung in ihrem Leben getroffen hatte.

Myra war mit Marlon verheiratet und hatte zwei Kinder. Diese Entscheidung war aber ohne Zweifel von ihr allein getroffen worden. So wie sie jetzt gesprochen hatte, wusste Mal, dass Myra es ernst meinte und dass sie ihren Plan auch durchführen würde.
Mal ahnte, dass jegliche Einwände wirkungslos verhallen würden, aber in ihm stieg die Sorge hoch, er könnte ein weiteres Mal der Auslöser für den Verlust eines Mitglieds von Sedna werden. Diese Gemeinschaft war auf eine wunderbare Art und Weise floriert. Zu einer Zeit, als überall auf der Erde die Menschen – den Untergang ihrer eigenen Art erschreckend vor Augen – immer zielloser und

depressiver wurden, hatte es hier eine Hand voll Menschen geschafft, glücklich zu sein und zu überleben – bis zu dem Moment, in dem er gekommen war.
„Ich möchte nicht, dass du gehst, Myra!"
Er legte das ganze Gewicht seiner Persönlichkeit in diese Worte. Er konnte ihr nichts verbieten, und betteln wollte er auch nicht. Das hätte höchstens ihr Mitleid erwecken können. Aber Myra war zu stark, um sich in ihren Entscheidungen von solchen Beweggründen leiten zu lassen. Nein, er wollte lieber seinen klaren Willen und seine Meinung äußern, um sich nachher keine Vorwürfe machen zu müssen.
„Es ist nicht so einfach wie unser heutiger Ausflug. An jeder Ecke lauern Gefahren. Es würde mich – so wie Max – auch in den Tod treiben, wenn ein zweiter Mensch von Sedna sterben würde, nur weil ich hier bei euch angekommen bin."
„Hast du eigentlich deinen Grund, weshalb du nach Sedna gekommen bist, vergessen, oder findest du ihn heute nicht mehr richtig? Hast du die anderen Menschen auf der Erde vergessen, seit du hier in Sedna bist und du das Elend des Untergangs der Menschheit nicht mehr siehst?"
Myra benutzte Malachys eigene Argumente, die er Max gegenüber angeführt hatte, und sie setzte sie bewusst ein.
„Vielleicht kannst du jetzt Max besser verstehen, nachdem du eine Weile hier bei uns gewohnt hast."
Die Rollen waren vertauscht. Betroffen sah Malachy die Besonderheit der Situation. Myra hatte seinen eigenen Standpunkt eingenommen, und er selbst hatte begonnen, mit Max' Beweggründen zu argumentieren. Alles schien sich gedreht zu haben. War er nicht mehr derselbe, seit er auf diese Insel gekommen war? War Sedna vielleicht nicht nur für Max, sondern auch für ihn selbst ein Land des Vergessens? Mal schwindelte der Kopf.
„Ich verlasse Sedna-Island nicht, um meine neuen Kenntnisse anzuwenden. Ich will hinausgehen, um mir ein Bild davon zu machen, ob wir es riskieren können, unsere Insel zu verlassen. Ich

möchte als Vorhut hinausgehen und in Erfahrung bringen, ob es einen anderen Weg für uns gibt als für immer auf Sedna zu bleiben. Fynn und Wesley sind zu stark von Max' Vorstellungen geprägt. Du als Fremder wirst sie nicht von dem Weg abbringen können, den sie zeit ihres Lebens als die einzige Überlebenschance angesehen haben."
„Und du meinst", entgegnete Mal, „dass dir das gelingen wird?"
Malachy hatte seinen Satz noch nicht zu Ende gesprochen, als ihm bewusst wurde, wie unklug er gewesen war. Es klang, als wenn er selbst nicht daran glaubte, dass sie es schaffen könnte, was sicher nicht der Wahrheit entsprach. Denn in Wirklichkeit wusste er genau, dass alle im Dorf Myra ein hohes Maß an Achtung zollten. Er kannte mittlerweile sogar ihren Beinamen: „Angekok".

Arnaq hatte es ihm erzählt. In der Nacht, als Eve Myra gebar, leuchtete das Polarlicht in ungewöhnlich schöner Pracht. Nach den alten Mythen der Inuit war dies ein Hinweis darauf, dass das unter diesem besonderen Zeichen geborene Kind eine neue Angekok werden würde, was soviel wie Shamanin bedeutete. Natürlich waren in der heutigen Zeit alle im christlichen Sinne erzogen und glaubten nicht mehr an die alte Naturreligion. Aber die Inuit unter ihnen – Ben und Cathreen – kannten die Regeln und Symbole ihrer Ahnen noch genau.
So berichtete Arnaq, dass Cathreen und sie selbst Eve während der Geburt beigestanden hätten. Als Cathreen das frisch geborene Kind gewaschen und dann Eve in den Arm gelegt hatte, hatte sie zum Himmel gedeutet und zu Eve gesagt: „Dein Kind ist unter dem prachtvollsten Polarlicht geboren, das ich seit langem gesehen habe. Da Inuitblut in seinen Adern fließt, kann es eines Tages eine neue Angekok für unsere Gegend sein."
Eve hatte nur gelächelt. Aber der heimliche Ruf, eine Angekok zu sein, war ihrer Tochter immer erhalten geblieben, auch wenn sie selbst das gar nicht gern hörte. Zum Spaß hatten sie Myra hin und wieder mit diesem Spitznahmen gerufen.

Dann hatte Myra jedoch angefangen, sich näher mit Kräutern und Medizin zu befassen. Und als bereits in jungen Jahren ihre Ausstrahlung und ihre Weitsicht deutlich wurden, verstummten die Neckereien, und viele sahen in ihr zumindest einen Menschen, dessen Rat man gern suchte.

Alle diese Zusammenhänge gingen Malachy nun, noch während er sprach, in Sekundenschnelle durch den Kopf.
„Ich habe lange darüber nachgedacht, Mal. Ja! Ich glaube, dass es mir gelingen wird. Es tut mir gut, wenn ich sehe, dass du dich um mich sorgst. Aber wenn du mir hilfst, diese Reise vorzubereiten, dann kannst du deine Sorgen in eine gute Tat umsetzen."
Für Mal war das Problem damit längst nicht erledigt. Aber Myras klare Vorstellungen erstickten seine Widersprüche im Keime. Mal dachte nach.
„Was sagt dein Mann zu deinen Plänen?"
Myra lächelte ihn an. „Du bist der Erste, der es weiß."
Trotz seines Alters wurde Mal ein wenig von Stolz ergriffen. Er fühlte sich geschmeichelt. Myra sah es ihm an. Jetzt hatte er verloren, sein Widerstand war gebrochen.
„Wir werden noch viel Zeit haben, darüber zu sprechen, denn ich möchte erst nächstes Jahr aufbrechen. Für dieses Jahr ist das Frühjahr schon zu weit fortgeschritten. Viel Eis ist schon geschmolzen, und ich würde im Winter zurückkehren müssen. Stattdessen wirst du mir in Ruhe die wichtigsten Dinge erklären können."
Auf der Heimreise vereinbarten sie absolutes Stillschweigen über ihr Vorhaben. So verlief das Jahr wie gewohnt auf Sedna-Island, ohne dass man irgendeine Veränderung hätte bemerken können.

Sedna-Island, März 2084

Die Wochen nach ihrem Ausflug waren vergangen, ohne dass Myra mit irgendjemandem über ihre Absichten gesprochen hatte. Da Malachy ihren Plänen immer noch skeptisch gegenüberstand, hütete er sich, dieses Thema selbst anzuschneiden. Nachdem der Winter bereits hereingebrochen war, ohne dass Myra diesbezüglich ein Gespräch mit ihm gesucht hätte, keimte in ihm die Hoffnung, dass sie vielleicht doch von ihrem Plan abgelassen hatte. Aber genau in diese Hoffnung hinein hatte Myra Mal zu sich zum Tee eingeladen.

„Ich möchte mit dir über meine Reise sprechen", hatte sie begonnen. Dann frage sie Malachy nach allem, was ihr nützlich erschien, und er gab bereitwillig Auskunft, selbst wenn ihm nicht sehr wohl dabei zumute war.

Erst als sie die Reise gedanklich schon bis in alle Details vorbereitet hatte, weihte Myra ihren Mann in ihre Pläne ein. Marlon war sechs Jahre älter als seine Cousine Myra. Aber er hatte von Kindesbeinen an zu ihr aufgesehen. Als sie größer wurden, war es für ihn nie eine Frage gewesen, wen er später einmal heiraten wollte. Auch dass der Verwandtschaftsgrad sehr eng war, hatte ihn nicht daran hindern können. Er bewunderte und liebte Myra und hätte ihr wohl kaum einen Wunsch abschlagen können. So fiel es ihr auch nicht schwer, Marlon davon zu überzeugen, dass diese Reise richtig sei.

Die Fahrt allein durchzuführen, war sicher schwierig und zu gefährlich. Also hatte sie sich überlegt, gemeinsam mit zwei Männern zu reisen. Einer davon sollte natürlich Marlon sein, da er sie sowieso niemals allein diese gefährliche Reise hätte unternehmen lassen. So wollte sie ihn gern auf ihre Seite ziehen und ihn mitnehmen. Die Wahl des zweiten Begleiters war ebenfalls recht einfach und fast ohne Alternative gewesen: Irvin, der Sohn von Zoe und Fynn.

Irvin war erst zwanzig Jahre alt. Er war seinem Alter entsprechend noch recht ungestüm und unternehmungslustig. Fynn, sein eher konservativer Vater, vermochte ihn kaum zu beschäftigen, und es war absehbar, wann ihm die Leine, an der Fynn ihn halten wollte, zu kurz wurde. Solch einen jungen, tatkräftigen Mann wegziehen zu lassen, bedeutete in diesen Zeiten überall auf der Erde einen unwiederbringlichen Verlust. Ihn nicht auf Sedna zu halten, wäre sicher ein großer Fehler gewesen.
So bot sich mit der bevorstehenden Reise eine einmalige Gelegenheit, Irvins Tatendrang in gute Bahnen zu lenken, die dieser mit Begeisterung annahm und selbst Fynn konnte kaum ablehnen. Allerdings war es auch für Myra nicht leicht gewesen, Fynn und die anderen Bewohner von Sedna dazu zu bringen, sich mit ihren Plänen anzufreunden. Natürlich konnten sie ihr diese Reise nicht verbieten. Sie war ein freier Mensch und konnte gehen, wohin sie wollte. Aber sie waren es gewohnt, in wichtigen Dingen immer einvernehmlich zu entscheiden, sonst wären sie hier in der Einsamkeit bald verloren gewesen. So lag Myra viel daran, nicht ohne die Zustimmung der anderen abzufahren.
Fynn und auch Wesley wollten einfach nicht glauben, dass die Menschen sich noch ändern würden. Die Angst vor einer möglichen Gefahr durch Genveränderungen war größer als der Glaube an eine bessere Zukunft. Sie sahen nicht die Chancen, die in dieser Reise lagen: Chancen für die Menschen von Sedna und die übrige Welt. Da aber nur ein kleiner Teil der Bewohner die Reise antreten sollte, willigten die meisten – wenn auch skeptisch – schließlich ein. Im Laufe des Winters begann sich allerdings die Stimmung für Myra zu drehen.
Malachys Erklärungen über die Inzestauswirkungen und auch die körperliche Entwicklung des kleinen Paul brachten nicht nur Wesley und Kirstin ins Grübeln. Viele sahen nun langsam auch die Gefahren, die ihnen durch die Isolation drohten. Andere von ihnen waren ganz einfach neugierig und hatten die Eintönigkeit des

Insellebens satt. So unterstützten schließlich alle die Abfahrt der drei und halfen ihnen beim Packen.
Den größten Teil seiner eigenen Reise hatte Malachy noch mit einem alten, solarbetriebenen Auto hinter sich gebracht. Aber seit das Auto in der Nähe von Winnipeg seinen Dienst quittiert hatte, war er auf das Boot als Fortbewegungsmittel angewiesen. Myra hatte diese Wahl erst gar nicht. Toms alter Jeep hatte längst ausgedient, und andere Autos ließen sich beim besten Willen nicht mehr auftreiben. Sie war von Anfang an darauf angewiesen gewesen, die gesamte Strecke mit einem Boot oder zu Fuß zu bewältigen. In ihrer kleinen Flotte von sieben Booten befand sich auch ein Aluboot, das mit einem solarbetriebenen Elektromotor bestückt war. Für den Fall, dass Wellengang und Strömung zu stark für ihren Motor wurden oder nicht genügend Sonne für ihren Solarkollektor schien, konnten noch vier Ruderblätter eingesetzt werden. So würde ihr Vorwärtskommen zwar teilweise mühsam, aber gesichert sein.
Ihre Route sollte über den Seal River in die Hudson Bay führen. Solange sie noch kein offenes Wasser erreicht hatten, wollten sie Kufen unter das Boot spannen und die Hunde mitnehmen. Das ging auf jeden Fall schneller als mit dem Boot. Aus dem gleichen Grund hatten Marlon und Myra entschieden, im März abzufahren. So konnten sie den ersten Teil der Strecke den Vorteil der festen Eisdecke nutzen. Danach aber, sobald sie die Hudson Bay verlassen hätten, würden sie sie direkt in den Frühling hineinfahren.
Der weitere Verlauf der Reiseroute sollte sie dann den Harricanaw stromaufwärts und dann den Ottawa River stromabwärts nach Ottawa und Montreal führen. Nie zuvor würde einer von ihnen dreien so weit von Sedna weg gewesen sein. Wenn alles gut verlief, wollten sie versuchen, noch weiter bis New York oder Washington zu kommen. Diese Städte waren früher so etwas wie der Nabel der Welt gewesen. Marlon und Irvin hatte inzwischen das Abenteuerfieber erfasst, und sie glaubten fest, hier ein repräsentatives Spiegelbild der modernen Welt finden zu können.

Kirstin hatte sich gern bereit erklärt, Nukka und Owen, die beiden Kinder von Marlon und Myra, in dieser Zeit zu betreuen. Sie spielten ohnehin fast die ganze Zeit mit dem kleinen Paul. Kirstin hatte sich immer mehr Kinder gewünscht, aber nach der Geburt des behinderten Paul hatte sie keinen Mut mehr zu einem weiteren Kind aufgebracht. So kam ihr die Gelegenheit, eine Weile drei Kinder ihr Eigen nennen zu dürfen, durchaus entgegen.
Zoe und Eve packten Essensvorräte zusammen, die von einem Boot allein kaum zu transportieren waren. Die drei sollten es schließlich unter allen Umständen vermeiden, Lebensmittel erwerben zu müssen, die im Verdacht standen, genverändert zu sein. Und das waren viele. Auf ihrer Reise wollten sie sich ausschließlich von frischem Fisch oder von ihren eigenen Vorräten ernähren. So waren sie auf die Flüsse und Seen zum Fischen angewiesen und orientierten ihre Reiseroute danach. Aber auch vor Übergriffen durch andere Menschen boten die Wasserstraßen guten Schutz.
Da Geld als Zahlungsmittel schon seit Jahren nicht mehr benutzt wurde, mussten sie auch Tauschwaren einpacken, um eventuell notwendige Dinge erwerben zu können. Das alles nahm so viel Platz in Anspruch, dass für die Menschen kaum noch Platz im Boot war. Sie trösteten sich damit, dass sich im Laufe der Fahrt der Proviant verringern würde.

Im Morgengrauen des 21. März 2084 legte das Boot von Sedna-Island ab. Alle standen am Ufer und winkten. Vielen liefen die Tränen die Wangen hinunter, und manch einer dachte, als seine Familienmitglieder immer kleiner am Horizont wurden, dass er sie vielleicht das letzte Mal gesehen hatte.
Malachy hatte bis zum Schluss vergeblich darum gebeten, mitfahren zu dürfen. Er hatte gute Gründe vorgebracht. Schließlich kannte er sich am besten in der alten Welt aus. Alle waren allerdings davon überzeugt, dass sein hohes Alter ihn wohl nicht noch einmal eine solche Reise unbeschadet überstehen lassen würde. In Wirklichkeit sehnte er sich auch nicht mehr dorthin zurück. Aber

er hatte gehofft, etwas als Gegenleistung erbringen zu können für die Bereitschaft der Menschen von Sedna-Island, ihr Leben aufs Spiel zu setzten für seine Bitte, der Welt vielleicht wieder etwas Leben einzuhauchen.

Ottawa, April 2084

Auf dem festen Schnee waren ihre Hunde gut gelaufen, und schon bald waren die Umrisse ihrer Insel im weißen Horizont versunken. In den ersten Tagen war ihnen die Umgebung noch bekannt, da sie sich auch früher schon zum Einkaufen, Tauschen und Jagen oft mehrere Tagesreisen weit von Sedna hatten entfernen müssen. Erst als sie die Grenze von Ontario erreicht hatten, kamen sie in ein für sie unbekanntes Gebiet.

Die Fahrt entlang dem Ufer der Hudson Bay war reibungslos und flott verlaufen, allerdings auch eintönig und ohne dass sie ihnen besondere Eindrücke vermittelt hätte. Sie lebten ausschließlich von frisch gefangenem Fisch und konnten ihren Proviant unangetastet lassen. Als sie die Mündung des Harricanaw erreicht hatten, begann die Reise erst richtig interessant zu werden. Sie mussten die Hunde und den Schlitten in einem einsamen Gehöft bei einem alten Farmer zurücklassen und für die Weiterfahrt das Boot nehmen. Den Harricanaw aufwärts ging es besser, als sie es sich vorgestellt hatten. Aber als in der Umgebung von Amos der Fluss immer schmäler und reißender wurde, war der glatte Verlauf der ersten tausend Meilen jäh zu Ende. Sie waren gezwungen, ihr Boot mit den vielen Vorräten gut versteckt zurückzulassen und hofften, es auf der Rückfahrt wiederzufinden und zur Weiterfahrt benutzen zu können.

Zwar hatte Malachy selbst einen anderen Hinweg genommen, aber er hatte mit ihnen den Wasserweg genau besprochen. Sie waren darauf vorbereitet gewesen, das Boot zurückzulassen. Einige Tage mussten sie zu Fuß weiter, bis sie die Wasserscheide hinter sich und die ersten Zuflüsse des Ottawaflusses erreicht hatten. Malachy hatte gesagt, sie würden ohne weiteres ein neues Boot finden. Tatsächlich sahen sie immer wieder alte, stehen gelassene Autos, Fahrräder oder Boote, die den Eindruck erweckten, dass sie in

letzter Zeit von niemandem mehr benutzt worden waren. Alles kam so, wie Malachy es ihnen erzählt hatte.
„Wenn die Menschen starben, war meistens niemand mehr da, der diese Dinge übernommen hätte. Mit Häusern ist es ebenso gegangen. Macht euch also keine Gedanken darüber, wo ihr übernachten werdet. Ihr werdet genügend Möglichkeiten finden."
Tatsächlich standen überall leere Häuser und Wohnungen offen, die dem Anschein nach von niemandem mehr genutzt wurden und die keinen Besitzer mehr hatten. In Sedna hatte Malachy ihnen zwar davon erzählt, aber sie hatten sich das nicht besonders gut vorstellen können.
Je näher sie nach Ottawa kamen, umso mehr hatten die drei das Gefühl, in einem großen Ausstellungsland zu sein, das die Menschen kurzfristig komplett geräumt hatten. Manche Häuser und vor allem Geschäfte waren aufgebrochen, die Scheiben und Türen zerschlagen, die Regale leer. Aber viele Gebäude waren auch nur geschlossen, so als wenn morgen jemand kommen würde, um sie wieder in Besitz zu nehmen. Menschen sahen sie hier keine. Nur in kleinen Dörfern, wo es in unmittelbarer Nähe noch die Möglichkeit zur Landwirtschaft gab, sahen sie vereinzelt Gruppen von alten Leuten, die sich jedoch bei ihrem Anblick meist schnell zurückzogen. Myra und Marlon versuchten wiederholt, sie anzusprechen, aber ohne Erfolg. Erst als drei alte Männer Irvin aus der Nähe sahen, blieben sie erstaunt stehen. Ihre hastige Frage nach seinem Alter gab ihnen schließlich Aufschluss über ihre merkwürdige Verhaltensweise: Seit vielen Jahren schon hatten sie keinen so jungen Menschen mehr gesehen.
„Wo kommt ihr her? Gibt es da noch mehr Leute in Irvins Alter? Wie viele?"
Immer wieder hörten sie die gleichen Fragen. Myra wurde vorsichtig: „Lasst uns nicht sagen, wo wir herkommen und auch sonst nichts über Sedna, sonst wissen wir nicht, was uns in der Heimat noch blüht. Ich möchte nicht, dass alle, die unseren Weg kreuzen,

später in Sedna auftauchen." Und so hielten sie sich fortan mit ihren Äußerungen über Sedna merklich zurück.
Am dreißigsten Tag erreichten sie Ottawa. Wenn sie bis hierhin noch nicht geglaubt hatten, dass die Menschheit ausstürbe, so gab es nun keinen Anlass mehr zum Zweifel. Ottawa lag wie eine Geisterstadt vor ihnen. Sie begannen, sich zu fürchten, weil es einfach unglaublich war, dass in diesen vielen Häusern kein einziger Mensch mehr wohnte. Sie waren die Stille aus ihrer Heimat gewöhnt. Aber die Stille hier war anders. Es war die Lautlosigkeit einer Verlassenheit, durchtränkt mit Tristesse und der Frage nach dem Warum. Hier hatten Menschen die Flucht ergriffen. Nichts deutete auf die Hintergründe, die die Menschen bewogen haben mochte, ihre Stadt zu verlassen. Es war unheimlich. Niemand lief ihnen über den Weg. Die Stadt war völlig leer. Sprachlos und bedrückt liefen die drei durch die Straßen.
Keine der Landschaften, die sie zuvor durchquert hatten, hatte in dieser Nachhaltigkeit zu zeigen vermocht, dass hier Leben gestorben war. Die leeren Häuser standen wie stumme Mahnmale da. Wie die Augen eines Toten starrten die dunklen Fenster sie an, und der leichte Wind, der um die Hochhäuser säuselte, war die einzige Bewegung in dieser neuzeitlichen Nekropole.
Viele elegante Geschäfte hatten offenbar in der letzten Zeit den Besitzer gewechselt. Marlon entdeckte hinter dem einfachen Aushängeschild eines Fahrradhändlers die nur schwach übertünchte Reklame der Chase Manhattan Bank, und im Geschäft eines Juweliers war später wohl ein Werkzeugladen eingerichtet worden. Als sie an einer Bücherei vorbeikamen, konnte Myra nicht widerstehen. Mit Begeisterung hatte sie die Bücher aus den drei großen Regalen im Gemeinschaftsraum auf Sedna gelesen. Sie waren eine der wenigen Quellen, die ihnen Wissen aus der von ihnen gemiedenen Welt lieferte. Als die Zeit der PCs und des Internets zu Ende ging, hatte Max verstärkt angefangen, Bücher zu kaufen. Sachbücher, Romane, Kinderbücher und Lexika, für jeden fand sich etwas in der kleinen Bücherecke auf Sedna.

Alle hatten dieses Angebot gern genutzt. Deshalb griff Myra jetzt zu, als sie die Möglichkeit sah, diesen Bestand zu vergrößern. Den flüchtigen Gedanken, dass es Unrecht sein könnte, hiervon etwas zu entwenden, ließ sie rasch wieder fallen. Zu viel Staub lag auf allen diesen Sachen. Hier gab es seit Jahren niemanden mehr, der Besitzrechte angemeldet hatte.
Bücher über Gentechnologie und medizinische Themen packte sie ebenso in ihren Rucksack wie ein sorgsam gebundenes Exemplar von Orwells „Animal Farm". Mit Begeisterung sah sie die Möglichkeit, ihren Wissensdurst zu stillen und vielleicht etwas mehr über das Verhalten der Menschen und ihre Fehler zu lernen. Sie wusste, dass sie dieses Wissen brauchen würde, wenn sie zusammen mit den Menschen von Sedna einen neuen Anfang wagen wollte.

Als sie schließlich die Buchhandlung verließen, spürte Myra die Schwere des neuen Wissens auf ihrem Rücken. Aber sie ließ sich nichts anmerken. Beim weiteren Gang durch die Straßen der Stadt erreichten sie einen Supermarkt. Die Neugierde trieb sie hinein. Sie wurden von verlassenen Kassenplätzen und leeren Regalen empfangen. Nur hier und da waren noch einzelne Teile stehen geblieben.
Als Marlon eine Türe im hinteren Bereich des Gebäudes öffnete, pfiff er leise durch die Zähne und rief die anderen herbei. Sie staunten nicht schlecht, als sie ein riesiges Vorratslager erblickten, dass bis zur Decke angefüllt war mit Kisten, Geräten und Verkaufsware, die in den letzten Jahren wohl keine Abnehmer mehr gefunden hatten. In den Regalen standen neben Fernsehern Radios und viele andere elektrische Geräte. Offensichtlich aber waren selbst in Großstädten wie Ottawa solche Dinge in der letzten Zeit nicht mehr gefragt gewesen.
„Als sie keinen Strom mehr hatten, war die Anschaffung von Elektrogeräten sinnlos geworden", bemerkte Marlon.

„Vielleicht hatten sie auch kein Geld mehr für solche Sachen“, meinte Myra.
„Schaut mal hier“, hörten sie Irvin aus einem Gewühl von Möbeln, Kisten und anderen Teilen rufen.
„Was ist denn das schon wieder?“ Irvin wies auf ein merkwürdiges Teil, das aus hoch glänzenden Stahlrohren, schwarzen Klötzen, Seilen und einer Sitzbank bestand. Marlon runzelte die Stirn.
„Ich weiß es nicht genau. Ich habe zwar noch nie ein solches Teil gesehen, aber nach den Erzählungen von Max handelt es sich wohl um eine Art Kraftmaschine. Man benutzte sie, um die Muskeln zu trainieren und zu stärken.“
„Und wie muss man das Ungetüm bedienen?“, fragte Irvin, der schon mit großem Interesse auf der Sitzbank Platz genommen hatte.
„Man drückt oder zieht an Gewichten. Ich würde mal an dieser Querstange probieren zu drücken“, empfahl ihm Marlon. Irvin setzte sich in Position und drückte hoch.
„Das ist leicht. Eher was für Kinder“, meinte er. Marlon ging um das Gerät herum und schaute es sich etwas genauer an. Nachdem er ein wenig an den schwarzen Teilen herumhantiert hatte, meinte er zu Irvin: „Na! Versuch's jetzt noch einmal.“
Irvin stemmte sich gegen die Stange, aber nichts bewegte sich.
„Ich glaube, ich lege doch besser wieder die Kindergewichte auf“, grinste Marlon.
„Dann will ich vorher aber sehen, in welche Abteilung du gehörst“, und mit herausforderndem Blick räumte Irvin seinen Platz auf der Sitzbank. Während sich die Männer mit Begeisterung an der Kraftbank versuchten, meinte Myra nachdenklich:
„Ich verstehe das nicht. Erst haben sich die Menschen die verschiedensten Maschinen gebaut, um Kraft und Zeit zu sparen. Als sie dann nur noch auf ihrem Hintern gesessen haben, um die für sie arbeitenden Maschinen zu kontrollieren, da haben sie diese neue Maschine erfunden, um endlich wieder Arbeit zu haben.

Max hat erzählt, sie haben sogar viel Geld ausgegeben, um in so genannten Bodystudios an solchen Maschinen arbeiten zu dürfen."
„Was?", fiel ihr Irvin empört ins Wort. „Sie haben dafür bezahlt?"
„Du hast Recht", meinte Myra. „Es ist pervers. Ja, sie haben dafür sogar bezahlt. Was an Arbeitszeit und Kraft eingespart wurde, ist an diesen Maschinen gegen Bezahlung wieder ausgegeben worden. Nur, dass hierbei nichts Produktives herausgekommen ist. Ihre Muskeln hätten sie auch in der Arbeit stählen können."
Irvin schüttelte verständnislos den Kopf. „So blöd können die doch gar nicht gewesen sein! Sie müssen diesen Irrsinn doch bemerkt haben!"
Myra verneinte. „Sie wurden wegen ihres Bewegungsmangels sogar krank: Bandscheibenschäden, zu hohe Cholesterinwerte, Venenentzündungen und ähnliche Krankheiten entstanden in nie gekanntem Ausmaß. Aber verändert haben unsere Ahnen nichts. Stattdessen liefen sie in die Bodystudios."
Ernüchtert ließ Irvin die Gewichte herunterfallen. Myra streifte langsam weiter durch die Gänge. Ihr Blick blieb an einer Glasvitrine voll bunter Uhren hängen. Warum waren die Uhren am Schluss nicht mehr verkauft worden?, fragte sie sich. Wo die Menschen sich doch so an die Zeit versklavt hatten. „Ich habe keine Zeit" war ein Standardsatz gewesen. Man hatte versucht, die Zeit in Besitz zu nehmen. Leider hatte es nie geklappt. Dann hatte man eben „keine Zeit" mehr. Man hatte versucht, sie in den Griff zu bekommen. Von „Zeitmanagement" war dann gesprochen worden. Aber auch diesem versuchten Würgegriff hatte sich die Zeit entwinden können. Je mehr jemand versucht hatte, die Zeit zu managen, um so eher war er an Symptomen erkrankt, die man mit Überforderung, Stress oder Managerkrankheit umschrieben hatte. Natürlich musste ein Manager Leistung bringen, und Leistung, das lernte man schon in den ersten Physikstunden in der Schule, war Arbeit pro Zeiteinheit. Da war sie wieder, die Zeit. Selbst der Versuch, sie einzuteilen oder zu quantifizieren, war sinnlos. Das zeig-

ten die hier übrig gebliebenen, nicht mehr verkäuflichen Uhren nur zu deutlich.
Solange die Menschen nicht begriffen, dass die Zeit kein Ablauf und kein Quantum ist, sondern ein Lebensrhythmus, den man wahrnehmen und verinnerlichen muss, solange würden sie nicht mit und in dieser Zeit leben können, sondern nur gegen sie. Und diesen Kampf mussten sie verlieren. Die liegen gebliebenen Uhren waren in Myras Augen aber auch ein Zeichen der Hoffnung. Vielleicht war es den Menschen wenigstens am Schluss doch gelungen, Wichtiges von Unwichtigem zu trennen und Wahres von Falschem. Vielleicht hatten sie am Ende doch noch gelernt, die Zeit nicht zu unterteilen, sondern stattdessen sich ihrem Rhythmus anzupassen.
Myras Blick wanderte weiter. Hinter aufgerissenen Kisten mit Kosmetik, Make-up und Lippenstiften sah sie eine Auslage mit glitzerndem Schmuck. Sicher waren die Steine und das Gold nicht echt, aber es reizte Myra doch sehr. So ließ sie ein paar schöne Halsketten in ihrem Rucksack verschwinden, weil sie auch den anderen Frauen von Sedna etwas von dieser Reise mitbringen wollte.
Die ganzen Vorräte in diesem Raum erschienen Myra wie ein buntes Kaleidoskop aus dem Leben der Bürger von Ottawa. Eine schriftliche Ausführung hätte nicht mehr über ihren Lebenswandel erzählen können als diese zurückgelassenen Gegenstände.
Als sie den Laden verließen, prallte ihnen draußen die heiße Mittagssonne entgegen. Der Asphalt glitzerte noch vom letzten Regen, und die darüber liegende Luft war am Dampfen. Irvin und Marlon inspizierten noch einige andere Geschäfte. Besonders von einem Angler- und Boostsladen hatten sie sich etwas erhofft. Aber Geschäfte dieser Art waren genau wie alle Bekleidungs- und Lebensmittelläden bis aufs Letzte leer geräumt. Nachdenklich und mit müden Schritten verließen drei Menschen die Stadt, geschockt von den Spuren, die ihre Artgenossen hinterlassen hatten.

Montreal war objektiv gesehen noch schlimmer. Aber hier traf sie der Eindruck nicht mehr so unvorbereitet wie in Ottawa. Hier waren sie schon gefasst auf das, was sie erwartete. Sie hatten die schreckliche Wahrheit dieser Katastrophe schon ein wenig verinnerlicht. So verweilten sie nicht länger als unbedingt nötig und verließen Montreal noch am gleichen Tag.
Myra war jetzt wirklich froh, dass sie die beiden Männer mitgenommen hatte. Nicht nur, dass sie auf ihren Fußmärschen eine Menge Gepäck zu tragen hatten. Sie mussten auch öfter das Boot zurücklassen, wenn sie sich in einer Gegend umsehen wollten. Da Marlon größer und stärker als Irvin war, blieb er meistens zurück, um auf das Boot aufzupassen, und Myra inspizierte zusammen mit Irvin die neue Umgebung.
Malachy hatte sie gewarnt: Das Benutzen fremder Sachen war allgemein üblich. Während Gewaltverbrechen und Mord überall zurückgegangen waren, hatten die Menschen zu Eigentum ein ganz neues Verhältnis entwickelt. Man nahm auf die Besitzrechte kaum noch Rücksicht. Es war auch nicht mehr nötig und wichtig, etwas zu besitzen. Häuser und Land gab es im Überfluss. Wenn man etwas davon brauchte, nahm man es sich einfach. Dass es bereits jemand anderem gehörte, war so gut wie ausgeschlossen. Aufgrund des Alters und der Gebrechlichkeit der Menschen, waren diese auch gar nicht in der Lage, mehr zu bewirtschaften als ihre eingeschränkten Kräfte es zuließen. Das Horten und Ansammeln über den eigenen kurzfristigen Bedarf hinaus, das es in früheren Jahren einmal gegeben hatte, gab es längst nicht mehr. Es war sinnlos geworden.
Ein großes Erbe anzuhäufen, hatte sich mangels Nachkommenschaft ebenfalls erübrigt. Die ganze Stimmung war ziellos und depressiv geworden. Die Menschen hatten keine Perspektive mehr. Sie sahen keinen Grund mehr, in die Zukunft zu investieren. Das ganze Land schien im Dämmerzustand dahinzuvegetieren.

New York, Mai 2084

Als sie den Hudson River hinunterfuhren in Richtung New York, nahm die Zahl der Menschen, die sie trafen, etwas zu. Aber es waren ausschließlich Alte. New York selbst war menschenleer. Die Städte boten den übrig gebliebenen Menschen keine Möglichkeit mehr zu überleben. Die konservierten Vorräte, die in den ersten Katastrophenjahren noch zur Verfügung gestanden hatten, waren längst aufgebraucht. Wer etwas zu essen haben wollte, musste sich selbst darum bemühen, musste etwas anbauen oder etwas eintauschen. Aber zum Anbauen eigneten sich die großen Städte natürlich überhaupt nicht. Im Laufe der Jahre waren sie folgerichtig völlig verlassen worden. Die Menschen konnten hier einfach nicht mehr existieren.
Myra hatte sich entschlossen, hinter New York das Boot wieder stehen zu lassen. Sie hatte zwar alles, was sie unternahmen, gemeinsam mit Marlon beratschlagt, aber wie von selbst war sie im Laufe ihrer Reise zur Führerin der kleinen Truppe geworden. So gab es auch jetzt keine Proteste, als sie vorschlug, die Strecke bis Washington wenigstens teilweise auf dem Landweg zu bewältigen. Sie hoffte, auf diese Weise mehr Menschen zu treffen und endlich auch in engeren Kontakt mit diesen zu kommen.
Der Wasserweg bot ihnen eine gewisse Sicherheit und nahm weniger Zeit in Anspruch als ein Fußmarsch. So hatten sie die bisherige Strecke schneller als erwartet zurückgelegt und nur siebenundfünfzig Tage bis New York benötigt. Aber sie waren mutiger geworden, und so suchten sie in den nächsten Tagen, näher an die scheinbar verängstigten Menschen heranzukommen. Eines Morgens brachte Irvin vom Fischen einen alten Mann mit in ihr Lager.
„Ich heiße George“, stellte er sich vor. „Wenn ihr etwas zum Essen braucht, würde ich euch gern etwas von meinen Vorräten zeigen. Ich habe gutes Mehl, ohne Schädlinge, und sogar frisches Gemüse.“

„Danke“, sagte Myra. „Wir haben alles dabei, was wir brauchen.“
„Bevor ihr mein Angebot ablehnt, solltet ihr es euch erst einmal anschauen, ihr bekommt im weiten Umkreis nicht wieder eine solch feine Ware“, ereiferte sich der Mann.
Als Marlon ebenfalls ablehnte, um Myras Antwort etwas Nachdruck zu verleihen, musterte der Alte die drei eindringlich von oben bis unten. Es wollte ihm offenbar nicht in den Kopf, dass Reisende, die sicher nicht alles zum Essen mit sich führen konnten, sein verlockendes Angebot nicht wahrnehmen wollten.
„Habt ihr vielleicht nichts zum Tauschen dabei?“, fragte er argwöhnisch.
„Wenn jemand reist, dann hat er doch was zum Tauschen dabei. Womit soll er sonst bezahlen? Es sei denn, er hat sich aufs Stehlen verlegt“, sagte er spitz.
Myra versuchte, ihn zu beruhigen und breitete ihre Tauschartikel vor ihm aus.
„Aber wenn du nichts Besseres als dein Gemüse anzubieten hast, werden wir nicht zum Tauschen kommen.“
Der Alte war beleidigt. Ihre Felle gefielen ihm gut. „Was könnt ihr denn gebrauchen?“, fragte er ärgerlich.
Myra überlegte, bevor sie ihm antwortete. Sie behielt in diesen Situationen nicht nur den Überblick, sie wusste solche Gelegenheiten auch beim Schopfe zu packen und zu ihren Gunsten umzudrehen. Hatte George sie noch wenige Momente vorher arg in die Defensive gedrängt und sie genötigt, sich zu verteidigen, so sah er sich im Handumdrehen selbst mit dem Rücken zur Wand.
„Wir suchen eine junge Frau für diesen Mann“, sagte sie und wies mit dem Arm auf Irvin. „Wenn du uns in dem Punkt weiterhelfen kannst, dann können wir auch ins Tauschgeschäft kommen.“
Irvin blickte erstaunt auf. Aber als er Myras beschwichtigenden Blick sah, ahnte er, was sie bezweckte.
„Oder habt ihr hier tatsächlich nur noch Alte wie dich?“
Sie brauchte die Frage nicht extra scharf zu betonen. Durch ihre Formulierung war sie schon deutlich genug geworden. Eigentlich

entsprach diese Provokation gar nicht Myras Stil. Aber George hatte sie mit seinem überheblichen Auftreten geärgert, und sie sah obendrein jetzt die Chance, vieles von dem aus ihm herauszulokken, was sie auf dieser Reise auskundschaften wollten.

„Hier gibt es nur noch ältere Menschen als mich. Das müsst ihr doch wissen. Es gibt nirgendwo auf der Welt mehr junge Menschen."

Jetzt, da George von Myra einmal auf die Anklagebank gezerrt worden war, wollte sie ihn auch nicht mehr so schnell wieder von dort weglassen. Erst wollte sie alles von ihm hören, was er ihr sagen konnte.

„Sieh dir Marlon an", sagte sie, während sie auf ihn wies. „Er ist siebenunddreißig Jahre alt, Irvin ist einundzwanzig, und ich selbst bin einunddreißig. Dort, wo wir herkommen, gibt es noch mehr Jüngere. Aber unsere Eltern und wir selbst haben auch entsprechend gelebt. Bei *deinen* Eltern und ihren Mitmenschen war die Gier wohl größer als der Verstand. Was sind deine Eltern von Beruf gewesen?", forschte sie George weiter aus.

„Farmer", antwortete dieser ziemlich kleinlaut.

„Hab ich's mir doch gedacht", kam es postwendend von Myra. „Wenn einer wie du Gemüse anbaut, so hat er es meistens von den Eltern gelernt. Und die hatten nichts Besseres im Sinn als immer mehr aus den Feldern herauszuholen. Hauptsache es gab viel Ertrag. Ob's gesund war oder umweltverträglich, das war doch egal. Wichtig war nur, dass das Portemonnaie nachher voll war. So ist die Welt in die Genkatastrophe hineingeschlittert. Aber verdient hat sie daran gut. Das war ihr wichtig. Als Entschuldigung haben sie nachher immer vorgetragen, sie hätten das alles nicht geahnt – was nicht stimmt. Die wenigen Außenseiter, die es gab, die Jäger, die haben es ihnen immer entgegengehalten, aber man hat sie mundtot gemacht." Und traurig fügte sie hinzu: „Max, mein Großvater, war einer von ihnen."

Myra hielt inne. Aber nur kurz. Jetzt war es keine Taktik mehr, die ihr Vorgehen diktierte. Es war eine Anklage, die aus ihrem tiefsten Innern herauskam, und George war ihr Opfer.
„Aber schlimmer noch als deine Eltern warst du und deine Generation. Ihr habt den Anfang des Untergangs gesehen. Ihr habt es gewusst, da gibt es keine Ausrede mehr. Und was habt ihr geändert? Nichts! Eure Gier war noch schrecklicher als die eurer Eltern! – Was für ein Saatgut nimmst du für dein Korn und dein Gemüse?"
George befand sich nicht weit von seinen Leuten entfernt. Er hätte einfach weggehen können. Er war nicht verpflichtet, ihr, einer fremden Frau, Auskunft zu geben. Aber er stand so in ihrem Bann, dass er keine andere Chance sah. Schon allein ihre Jugend gab ihr in seinen Augen das Recht, so mit ihm zu reden.
„Ich weiß es nicht. Das, was wir immer hatten."
„Das, was ihr immer hattet!" Myra lachte schrill. „Und das willst du uns verkaufen? Willst du uns vergiften? Für dieses Gift sollen wir unsere guten Waren eintauschen? Warum habt ihr euch nicht bemüht, sauberes Saatgut zu bekommen?"
Myra packte den Mann an den Schultern und schüttelte ihn.
„Warum nicht?", schrie sie ihn an.
Der Mann war ihr aufgrund seines Alters und seines schlechten Zustands kräftemäßig sicher unterlegen. Aber ihre Wut, die Myra jetzt gepackt hatte und die ihr noch zusätzliche Kraft verlieh, vergrößerte diesen Unterschied noch mehr. Marlon hatte Mitleid mit dem Alten, der jetzt richtig Angst bekommen hatte. Myra spürte Marlons Reaktion und merkte, dass sie die Kontrolle über sich verloren hatte. Das ärgerte sie noch mehr. Sie atmete tief durch.
„Entschuldigt bitte, wenn ich ein wenig heftig geworden bin. Aber ich kann es einfach nicht glauben, dass es in deinem Land keine jungen Menschen mehr geben soll und dass ihr aus der ganzen Katastrophe auch nach Jahrzehnten immer noch keine Konsequenzen gezogen habt."

Ihre Stimme war jetzt wieder ruhiger geworden. George atmete auf.
„Es gibt schon hin und wieder Gerüchte über einzelne junge Menschen", ließ er jetzt vernehmen. „Aber sie sollen in den Bergen ziemlich versteckt leben. Ich habe sie jedenfalls noch nie zu Gesicht bekommen."
Myra merkte, dass sie ihrem Ziel langsam näher kamen. Sie bat George, sich zu setzen, und das nun folgende Gespräch endete damit, dass George sie bis nach Washington führen sollte. Sicherlich hätten sie den Weg auch allein gefunden. Aber mit einem Einheimischen zusammen versprach sich Myra doch mehr Einblikke in das Leben der Menschen. Die mahnenden Worte Myras hatten jedenfalls einen so nachhaltigen Eindruck auf George hinterlassen, dass er sich fast verpflichtet fühlte, ihnen zu helfen.
So kam es schließlich auch. Trotz seines Alters zeigte George eine außerordentliche Zähigkeit und hielt das Tempo gut mit. Des Öfteren wies er ihnen Wege in entfernte Dörfer, wo es angeblich noch junge Menschen gab. Myra schrieb sich die Plätze auf. Aber sie konnten von ihrer großen Route nicht abweichen, sonst hätten sie ihr Ziel, im September wieder zurück auf Sedna zu sein, nicht mehr einhalten können. Und in den Winter hinein durften sie auf keinem Fall mehr unterwegs sein.

Washington, Juni 2084

So erreichten sie Washington am siebenundachtzigsten Tag nach dem Aufbruch von Sedna-Island.
Auch hier waren keine Menschen mehr zu sehen. Die Stadt reihte sich nahtlos in die Reihe der bisher vorgefundenen Geisterstädte ein. George führte sie an vielen bekannten Regierungsgebäuden vorbei bis zum weißen Haus. Alles lag wie ausgestorben. Myra wollte unbedingt versuchen, ins Innere des ehemaligen Regierungssitzes zu gelangen. Aber George kam es wie ein Sakrileg vor, dieses Haus zu betreten. Er wollte nicht. Den beiden anderen Männern erging es ebenso.
Myra aber ließ sich nicht abhalten. Entschlossen stieg sie die Stufen zum Kapitol hinauf. Die Türen waren geschlossen, aber nicht abgeschlossen. Wahrscheinlich hatte man dem Vandalismus vorbeugen wollen und deshalb lieber erst gar nicht abgeschlossen. In der Eingangshalle war alles leer. Allmählich beschlich sie doch ein seltsames Gefühl. Sie ging durch scheinbar endlose Gänge. Elegante Zimmer und Säle öffneten sich vor ihr. Die Zerstörung hatte vor diesem letzten Zeichen der Großmacht USA Halt gemacht. Alles war unangetastet geblieben. Dieses Land war auf dem Gipfel seines Ruhmes von der Krise erfasst worden. Es hatte sich durch seine oft arrogante Art, andere Länder mit seinem Demokratieverständnis zu bevormunden, weltweit viele Feinde gemacht. Trotzdem hatten diese nicht mehr die Kraft oder die Macht gehabt, dieses bedeutende Zeichen des größten kapitalistischen Weltreiches zu zerstören.
Myra ging weiter. Sie öffnete eine Tür, die sie in ein wunderschön mit Holz getäfeltes Zimmer führte. Als sie sich umsah, ahnte sie, dass es das Zimmer war, in dem der Präsident der Vereinigten Staaten von Amerika seine Fernsehansprachen gehalten hatte. Nicht ohne eine gewisse Ehrfurcht betrachtete sie den großen Schreibtisch, hinter dem noch immer die Flagge mit den weltbe-

kannten Stars and Stripes drapiert war. Am Fuß der Fahnenstange sah Myra eine marmorne Gedenktafel: *Gewidmet dem letzten Präsidenten der Vereinigten Staaten von Amerika, Arnold Hofman.*
Wie in Trance setzte sie sich an den Schreibtisch. Neben einem eleganten Mikrofon lag ein Schriftstück mit dem Wappen der Vereinigten Staaten von Amerika und dem Briefkopf seines Präsidenten. Als sie leise las, war es ihr, als hörte sie ihn sprechen:

Meine lieben Landsleute,

heute ist der Tag gekommen, an dem wir alle für die Sünden unserer Vorfahren büßen müssen. Die einzig übrig gebliebene Weltmacht dieser Erde stellt ihre Regierung ein. Ich lege meine Amtsgeschäfte nieder. Unser Versuch, noch einmal eine Regierung vom Volk wählen zu lassen, ist fehlgeschlagen. Wir haben nicht mehr die Kraft und die Menschen, um eine solche Wahl durchzuführen. Nachdem ich schon vor zwei Jahren die Steuerhoheit beendet habe, erkläre ich den Staatenbund nunmehr für erloschen. Mögen zu späterer Zeit andere kommen und mit besseren Ideen eine neue Gemeinschaft gründen, die unserer Erde förderlicher sein möge, als wir es waren.

Myra sank in sich zusammen. Sie stellte sich vor, wie Mister President mit tief betroffenem Gesicht hinter diesem Schreibtisch gesessen und seine letzte Amtshandlung vorgenommen hatte. Es musste eine tiefe Demütigung gewesen sein, als er das Ende seines Staates bekannt gegeben hatte.
Die einstmals stärkste Macht der Welt hatte aufgehört zu existieren. Dieser Staat war Symbol gewesen für Fortschrittsglauben und Optimismus, für Selbstvertrauen und den Glauben an die Zukunft. Aber er war auch Vorreiter gewesen für Kapitalismus, Wirtschaftswachstum und den Glauben an das Recht des Stärkeren. Die hauptsächlich von hier entfachte Gier nach immer mehr Wohlstand hatte alle Länder dieser Erde in einen unaufhaltsam kreisenden Strudel des Untergangs mit hineingerissen.

Dies war das Ende der politischen Staatenwelt auf der ganzen Welt, und niemand konnte diesen Schlusspunkt mehr rückgängig machen. Myra hatte sicher keinerlei Sympathie für diesen politischen Staat empfunden. Trotzdem fühlte sie Tränen in sich aufsteigen. Eine heftige Erregung packte sie und ergriff Besitz von ihr. Sie war außerstande, etwas dagegen zu tun.
Ihr Körper offenbarte, was ihr Herz soeben begriffen hatte: Dieser Ort war früher eines der bedeutendsten Zeichen der menschlichen Zivilisation der letzten 500 Jahre gewesen. An diesem Ort hatten ihre Führer die wichtigsten Entscheidungen und Siege ihrer Kultur bekannt gegeben. Und zuletzt hatten sie hier ihre Welt zu Grabe getragen. Sicher war diese Welt irre geleitet und verdorben gewesen. Trotzdem weinte sie um ihren Untergang.

Als Myra sich wieder aufrichtete und die Tränen abwischte, war fast eine halbe Stunde vergangen. Die Erinnerungen dieses Ortes hatten ihre Gedanken weit mit sich fortgerissen. Sie versuchte, sich zu sammeln.
„Warum habe ich Sedna verlassen?“, fragte sie sich leise.
Nach kurzem Nachdenken gab sie sich selbst die Antwort.
„Ich wollte wissen, ob die Welt noch lebt, ob sie noch eine Zukunft hat. Ob wir unsere ‚Arche‘ Sedna öffnen dürfen, um diese Welt erneut aufzubauen.“ Sie stand auf. Die skurrilsten Gedanken schossen ihr durch den Kopf. „Selbst wenn ich mich zur Wahl stellen würde, wer sollte mich wählen? Wen sollte ich regieren?“ Myra schüttelte sich und rückte den Präsidentenstuhl wieder an seinen richtigen Platz. „Nein, die menschliche Zivilisation, so wie sie bisher bestanden hat, ist endgültig tot!“ Sie warf einen letzten Blick auf die Stars and Stripes und verließ nachdenklich das weiße Haus. Hier gab es für sie nichts weiter zu tun. Sie hatte gefunden, wonach sie gesucht hatte.
Bedrückt verabschiedeten sie sich von George, und nach genau einundneunzig Tagen machten sich die drei aus Sedna-Island wieder auf den Heimweg.

Die Männer waren froh, dass es wieder nach Hause ging. Aber Myras gedrückte Stimmung war auch für sie nicht zu übersehen. In den Nächten lag sie oft wach und wenn die Wolken vorüber zogen und sie den Sternenhimmel beobachten konnte, der so klar war, wie sie ihn noch nicht einmal zu Hause gesehen hatte, wollte sie sich einfach nicht damit abfinden, dass es keinen Ausweg mehr aus dem Untergang geben sollte. So ging die erste Woche nach ihrem Verlassen von Washington vorüber.
Sie fuhren jetzt den Susquehanna aufwärts in die Appalachen hinein. Marlon und Irvin mussten immer öfter zu den Rudern greifen, weil der Elektromotor dem Boot gegen die zunehmende Strömung immer weniger Geschwindigkeit verlieh. Je höher sie in die Appalachen kamen, umso langsamer wurden sie, und das unerlässliche Rudern wurde zur Qual. Myra löste sie zwar auch beim Rudern ab, aber sie war nur stundenweise eine Hilfe. Kurz vor den Passhöhen, als der Fluss zu reißend wurde und zu wenig Tiefgang hatte, mussten sie ihr Boot wieder zurücklassen und zu Fuß weiter laufen. Nach dem tagelangen Rudern war der Fußmarsch allerdings eine willkommene Abwechslung. Die Schwielen an den Händen konnten abheilen, und die schmerzenden Muskeln hatten Zeit, sich wieder zu erholen. So stieg die Stimmung auch wieder, als sie die Passhöhen erreicht hatten und der Weg sich langsam dem Ontariosee entgegen herabschlängelte.
Myras Unzufriedenheit mit den vorgefundenen Lebensbedingungen ließen sie nicht zur Ruhe kommen. Oft wachte sie morgens früh beim ersten Dämmerlicht auf, während die Männer noch schliefen. So fiel ihr ein kleiner Vogel auf, der sich eines Morgens auf die Zweige über ihrem Kopf setzte. Myra war überrascht. Der Gesang der Vögel hatte ihr schon lange gefehlt. Es kam selten genug vor, dass man überhaupt einen Vogel beobachten konnte. Als sich der davonfliegende Vogel einem weiteren anschloss, beschloss sie, in Zukunft aufmerksamer auf die Tiere zu achten. Der Fußmarsch bot ihr hierzu auf alle Fälle bessere Möglichkeiten als die Fahrt in der Mitte eines Flusses. Bis gegen Abend konnte Myra zu

ihrer eigenen Überraschung noch mehrere Vögel entdecken. Sie teilte Marlon und Irvin ihre Beobachtung mit.

Es war mittlerweile Ende Juni geworden, und Myra verzeichnete in ihrem Tagebuch den hundertachtzehnten Tag nach ihrem Aufbruch von Sedna. Bis zum Einbruch des Winters in Sedna hatten sie etwa noch drei Monate Zeit. Da sie sich gut in ihrem Zeitplan wähnten, beschlossen sie, ein paar Tage Ruhe einzulegen und die nähere Umgebung etwas genauer zu inspizieren.
Am dritten Tag nachdem sie ihr Camp aufgeschlagen hatten, kamen die Männer von ihrem Ausflug in die angrenzenden Wälder mit einer sensationellen Nachricht zurück: Irvin hatte einen Waschbären entdeckt!
In den letzten Jahrzehnten galten Waschbären als ausgestorben. Sie waren als akute Folge der Genkatastrophe besonders früh und heftig getroffen worden. Da sie häufig in der Nähe des Menschen auf Nahrungssuche gingen, war der Übergang der Unfruchtbarkeit auf sie wesentlich schneller vor sich gegangen als bei vielen anderen Tierarten, und das Aussterben war rasch eingetreten.
Umso glücklicher waren Marlon und Irvin nun, dieses Tier zu entdecken. Myra wurde bei aller Freude dennoch nachdenklich.
„Wollen wir nicht lieber zu Fuß weitergehen?“, schlug sie vor. „Mir scheint, dass uns durch unsere Flussfahrten so manches, was am Ufer vor sich geht, entgeht. Ich habe das Gefühl, dass wir uns aus lauter Sorge um uns selbst nicht weit genug ins Land hinein trauen.“
Zwar ging es im Moment wieder bergab, und die Flussfahrt wäre ein Vergnügen gewesen, aber Marlon und Irvin waren nun auch vom Bazillus des Waschbären angesteckt worden und willigten ein.

Nach drei Tagen trafen sie auf zwei alte Leute, die ihnen ohne die sonst übliche Furcht entgegentraten. Ähnlich wie beim Treffen mit George war es auch jetzt wieder ihre relative Jugendlichkeit, die die Neugierde der Leute weckte. Sie beschlossen, die Nacht bei

ihnen zu verbringen, um mit ihnen näher ins Gespräch zu kommen.
Als Myra das Gespräch wieder in die Richtung lenkte, ob es nicht auch jüngere Menschen in dieser Gegend gebe, erhielten sie wie immer eher zurückhaltende Auskünfte. Erst als sie sich am nächsten Tag verabschiedeten und den beiden ein schönes Fell aus ihren Vorräten schenkten, konnten sie deren Skepsis endgültig zunichte machen. Vorsichtig wiesen die beiden Alten sie darauf hin, dass sie bei ihrem weiteren Fußmarsch durch eine Gegend kommen würden, in der – wenn auch sehr zurückgezogen und versteckt – noch jüngere Menschen leben sollten.
Myra, Marlon und Irvin machten sich mit neuem Mut auf den Weg und suchten in den nächsten Tagen die Gegend in weitem Umkreis ab. Sie fanden bald eine scheinbar kurz zuvor verlassene Siedlung. Auch ein Blockhaus mit Proviant an Trockenfisch und zahlreiche Tierfallen entgingen ihren geübten Augen nicht. Aber nach ein paar Tagen sahen sie ein, dass sie ohne genügend Zeit und ohne System hier die Stecknadel im Heuhaufen suchten. So nahmen sie ihren richtigen Weg wieder auf und erreichten am einhundertfünfunddreißigsten Tag den Ontariosee.

Myra aber war durch die letzten Ereignisse zu der Gewissheit gelangt, dass das Leben auf diesem Planeten noch nicht endgültig dem Untergang geweiht war. Wenn die Hinweise, die man ihnen immer wieder gegeben hatte, stimmten, existierten wahrscheinlich noch weitere kleine, zurückgezogen lebende Gruppen, in denen es auch noch jüngere Menschen gab. Das Problem würde wohl sein, diese Gruppen zusammenzuführen. Genau wie ihre eigene Gemeinschaft auf Sedna, so würden auch andere ähnliche Gruppen sicherlich darauf bedacht sein, den Kontakt mit den unfruchtbaren Menschen zu vermeiden. Die Erde würde nur dann eine Zukunft haben, wenn es gelingen würde, solche Gruppen miteinander in Kontakt zu bringen, wenn sie ihre Erfahrungen und ihr Wissen austauschen konnten und sich miteinander vermischen konnten.

Die Hoffnung, die in Myra wieder aufgekeimt war, begann zu wachsen und zauberte einen Ausdruck tiefen Glücks auf ihr Gesicht. Dies könnte der Beginn einer sich erneuernden Menschheit sein!

Myra ging sogar davon aus, dass die Chancen der Übriggebliebenen jetzt besser waren als vorher. Die alten politischen und wirtschaftlichen Strukturen waren wie nach einem „bereinigenden Gewitter“ völlig beseitigt. Die Möglichkeiten eines wirklichen Neuanfangs im Denken der Menschen waren gegeben und nie so gut wie zu diesem Zeitpunkt. Hätte es die Genkatastrophe nicht gegeben, man hätte sie erfinden müssen, um die Menschen von all den pervertierten Systemen zu befreien, in die sie sich im Laufe der Zeit verstrickt hatten. Die Menschheit war längst mit ihren Lebensgewohnheiten in der Sackgasse gelandet. Nur dass das Ende dieser Sackgasse schon da gewesen war, ohne dass die Menschen es hatten wahrhaben wollen.

Myra begriff einfach nicht, wie die Menschen hatten glauben können, die Welt hätte von einer ständig sich vergrößernden Wirtschaft leben können. Eine Lawine, die immer größer wurde, aber nur weiterrollte, wenn sie ständig Zuwachs bekam, war die Grundlage der allgemeinen Vorstellung gewesen. Dass die Erde in ihren Ressourcen und ihren Kapazitäten beschränkt war, hatte bei dieser Vorstellung offenbar niemanden gestört. Es war wichtig, dass solche naiven Ideen eliminiert wurden und nie wieder Einzug in die Welt halten konnten. Myras Gedanken flossen weiter, und in ihrem Kopf zimmerte sie bereits vorsichtig an der Zukunft.

Ein anderer, wichtiger Grund, der zur Kinderlosigkeit geführt hatte, war nach ihrer Meinung die uneingeschränkte Dominanz der Naturwissenschaft gewesen. Bedenken und Warnungen, die bei Neuerungen in diesem Bereich geäußert worden waren, hatten in dieser fortschrittsgläubigen Welt keinen Platz gehabt. Wissenschaft und Technik mussten nach Myras Überzeugung in einer neuen Welt ihren richtigen Stellenwert finden: untergeordnet

unter die ethischen und moralischen Werte der Menschen und nicht mehr als oberste Maxime des Denkens wie bisher.
Das Entscheidende für einen neuen Start aber würde wohl zunächst die Frage sein, ob die übrig gebliebenen Menschen in der Lage waren, ihre vorhandene Anpassungsfähigkeit zu nutzen, um geänderte Ernährungsgewohnheiten zu praktizieren und neue Formen des Zusammenlebens zu schaffen.
Myra sah ihre stille Hoffnung, die sie seit ihrem Aufbruch von Sedna gehegt hatte, bestätigt, und das heimliche Hochgefühl, das sich ihrer bemächtigt hatte, begleitete sie von jetzt an auf ihrer Fahrt nach Hause. Sie beschloss, mit allen Familien von Sedna-Island die Gegenden wieder aufzusuchen, in denen sie aufgrund von Hinweisen noch junges Leben vermutete und fasste den Vorsatz, sich selbst, ihr Wissen und ihre Erfahrung für einen neuen Start der Erde einzusetzen.

Sedna-Island, September 2084

Als am Horizont eine kleine Rauchsäule auftauchte, genau an der Stelle, wo Sedna liegen musste, stiegen die Erwartungen von Myra, Marlon und Irvin. Ihre Fahrt hatte sechs Monate lang gedauert. Nie zuvor waren sie so lange von hier fort gewesen.
Nachdem sie den Ontariosee verlassen hatten, waren sie den St. Lorenz-Strom abwärts bis Montreal gefahren. Von hier aus waren sie im Wesentlichen an den gleichen Ufern entlanggefahren wie auf ihrem Hinweg. Sie hatten in der Nähe von Amos sogar ihr zurückgelassenes Aluboot mit ihren alten Vorräten wiedergefunden. Mit dieser Erinnerung an die Heimat war dann die Sehnsucht nach zu Hause endgültig in ihnen durchgebrochen. So schnell ihre Kräfte es zuließen, hatten sie die verbleibende Strecke zurückgelegt. Jetzt fuhren sie durch den Zufluss des Seal River in ihren heimatlichen See hinein. Als sie am anderen Ende Sedna-Island auftauchen sahen, ließ sich ihre Aufregung kaum noch bremsen.
Irvin stieß einen Jubelschrei aus. Ob sie ihn gehört hatten? Ob überhaupt noch alle da waren? Langsam wurde die Insel immer größer. Dann erschienen die ersten Bewohner. Zuerst noch klein und unerkennbar, aber dann traten sie immer deutlicher hervor. Wesley und Fynn erschienen am Ufer. Irvin rief, so laut er konnte, und winkte. Dann gab es kein Halten mehr. Einer nach dem anderen kam zum Strand gerannt. Alles, was Beine hatte, war auf dem Weg in Richtung Ufer. Schon legten die ersten Boote vom Steg ab und kamen ihnen entgegengefahren. Auf ihren Gesichtern war die Freude schon von weitem zu sehen.
Endlich trafen sich die Boote. Es gab ein großes Hinein- und Hinübersteigen, die Boote wackelten, Arme flogen hin und her und umschlangen sich, und die Tränen flossen in Strömen. Das Hallo und die Freude schienen kein Ende zu nehmen. Owen und Nukka drückten ihre Eltern bis ihnen die Luft ausging. Schließlich nah-

men Fynn und Wesley die Heimkehrer ins Schlepptau ihres Bootes und zogen sie nach Sedna zurück.
Es folgte ein Fest, das sich über drei Tage hinzog. Die Bewohner der einsamen Insel waren für jede Abwechslung dankbar, und ein solches Ereignis ließ man sich nicht entgehen, um zusammen zu feiern und die Eintönigkeit des Alltags zu vergessen.
Myra freute sich, ihre Kinder wohlbehalten wieder bei sich zu haben. Aber nach dem ersten Tag des ausgelassenen Feierns kehrten ihre Gedanken über den Sinn der Reise zurück. Sie wusste, dass sie die überschwängliche Freude und das Interesse der Menschen an dem, was sie erlebt hatten, nutzen musste. Sie musste sie *jetzt* für ihre Absichten gewinnen. *Jetzt* waren ihre Herzen offen für die große Aufgabe, die vor ihnen lag. Vielleicht war das ihre einzige Chance. War der Alltag erst wieder eingekehrt, würde sich auch die Bereitschaft, sich Neuem zu öffnen, wieder verringern. Myra nahm sich vor, am nächsten Abend beim Tanz im Saal mit den anderen sprechen. Sie legte sich die Worte zurecht, mit denen sie die drei Familien in die Welt zurückführen wollte.

Aber es kam anders. Fröhlichkeit, Gesang und Ausgelassenheit ließen sie am nächsten Abend an der Wahl des Zeitpunktes für ihr Vorhaben zweifeln.
„He, Schwester! Nimm noch einen Schluck."
Sammy lachte sie an und prostete ihr zu. Als er ihr ernstes Gesicht sah, legte er fürsorglich den Arm um sie.
„Bist du immer noch traurig, dass du nicht die erste weibliche Präsidentin der Vereinigten Staaten werden konntest?"
Er lachte laut auf. Sein Atem roch nach Bier, und sie konnte sich von einem gewissen Gefühl der Verachtung für ihren Bruder nicht ganz befreien. Nukka saß auf ihrem Schoß und wollte mit ihr spielen. Alles schien ihr aus den Händen zu gleiten. Ihre Konzentration ließ nach.
Sie trug die Verantwortung allein. Keiner hier im Saal ahnte, was in ihr vorging, keiner hatte das Gefühl, dass etwas Wichtiges zu

entscheiden war. Sie waren einfach nur fröhlich und feierten. Keiner schien ihre Not zu bemerken, und sie hatte das Gefühl, vollkommen allein zu sein.
Selbst Malachy hatte sich von der allgemeinen Stimmung anstekken lassen und mit ihr bisher noch kein Wort über die Bedeutung ihrer Reise für die Inselgemeinschaft gesprochen. Selbstverständlich konnten sie nicht schon in den nächsten Tagen hier aufbrechen. Aber wenn sie jetzt nicht wenigstens den Entschluss fassten, im nächsten Frühjahr Sedna zu verlassen, würden sie sich möglicherweise dieser schwierigen Frage nie wieder so weit annähern.
Myras Hals schnürte sich immer enger zu. Die Luft im Saal wurde ihr immer unerträglicher. Sie musste hier raus, einfach nur raus. Myra nahm ihren Zobel und ging langsam in Richtung Ausgang. Am liebsten wäre sie gerannt, aber sie hatte Angst, dass sie jemand anhalten oder ansprechen würde. Draußen wurden ihre Schritte immer schneller. Erst nachdem sie am Strand angelangt war, blieb sie stehen.

Die Wellen rollten sanft auf den Sand, wieder und wieder, im ewig gleichen Rhythmus. Das Wiegen einer Mutter hätte nicht beruhigender sein können. Alles war ihr so vertraut hier, hier war sie zu Hause. Und das alles sollte sie zurücklassen für eine ungewisse Zukunft? Hierauf hatten die Hoffnungen von ihrem Großvater Max gelegen, hier hatten Shane und ihre Söhne gelebt. Diese Insel war einer der wenigen weißen Flecken auf der Erde, sicherlich nicht mehr unschuldig, aber auch noch nicht verbrannt – einer der wenigen Versuche der Menschen, sich gegen die eigene Bequemlichkeit und gegen die erdumfassende Matrix aufzulehnen.
Wie konnte sie es nur wagen, das alles aufs Spiel zu setzen? War ihr das Ansehen als Angekok zu Kopf gestiegen? Stets war sie diejenige gewesen, die um ihre Meinung und Ratschläge gefragt wurde, stets hatte man sie bewundert wegen ihres Selbstbewusstseins und ihres sicheren Auftretens, sie hatte immer geruht in sich selbst

und in dieser Ruhe ihr Wissen gefunden. Aber jetzt, wo es darauf ankam, schien sie diese Selbstverständlichkeit zu verlassen.
Der Wind fasste zärtlich in ihr Haar, fast als wolle er sie trösten. Plötzlich knirschte der Sand leise hinter ihr, und eine schwere Hand legte sich auf ihre Schulter. Erschrocken sah sie auf und blickte in das Gesicht von Fynn. Warum war er hier? Was wollte er von ihr? Unsicherheit und Zweifel breiteten sich nun noch mehr in ihr aus. Eine Weile standen sie einfach nur so nebeneinander, bis Fynn schließlich das leise Atmen des Meeres unterbrach.
„Als du uns verlassen hattest, begann eine furchtbare Zeit für mich. Ich konnte nachts nicht schlafen, und auch am Tag kam ich aus dem Grübeln nicht mehr heraus. Ich dachte an Max und Onkel Malachy und fragte mich, ob unser Weg in Sedna – so, wie wir ihn bislang gegangen sind – richtig war und ob wir so weitermachen sollen wie bisher. Aber ich kam zu keinem Ergebnis. Erst als ich im Saal dein ernstes Gesicht unter all der Fröhlichkeit gesehen habe und merkte, dass du unsere Freude seit deiner Ankunft nicht teilen konntest, habe ich erkannt, was meine Aufgabe ist."
Aus dem Haus klang Gesang und Gelächter zu ihnen herüber. Dort waren die Ratlosigkeit und die Sorge der vergangenen Monate wie weggeblasen. Aber Fynn lies sich nicht beirren. Keiner von ihnen würde etwas ändern. Sie warteten nur auf den nächsten Tag und auf das, was er ihnen sagen würde.
„Wir werden gemeinsam gehen, Cousine. Unser Leben auf Sedna ist an seine Grenzen gestoßen. Draußen sind unsere Chancen größer als hier. Nur gemeinsam mit den restlichen Menschen dort draußen haben wir eine Chance zu überleben. Ich werde dich bei dieser schweren Aufgabe bestimmt nicht allein lassen."
Trotz des Rauschens des Meeres glaubte Myra, bei diesem großen, starken Mann so etwas wie Zittern in seiner Stimme gehört zu haben.
„Allein wird es keiner von uns beiden schaffen. Wenn du einverstanden bist, werde ich die Familien führen, und du wirst uns sagen wohin. Du wirst unsere geistige Führerin sein. Wenn wir aber

etwas aus dem Leben von Max und Onkel Mal gelernt haben wollen, dann müssen wir unsere Familien dort im Saal auch dazu bringen, den Mund aufzutun und sich nicht nur von uns führen zu lassen. Sie müssen lernen, sich selbst zu finden und nicht nur darauf zu warten, von irgendjemandem gesagt zu bekommen, was sie tun sollen. Jeder von ihnen muss ein Jäger werden, so wie Max einer war."

Sie schauten sich lange an und spürten, dass sie beide den gleichen Traum hatten. Sie waren so verschieden in ihrer Art und in ihrem Denken. Aber das konnte auch zu ihrem großen Vorteil werden, wenn es ihnen gelingen würde, ihre Verschiedenartigkeit in ein gemeinsames Handeln münden zu lassen.
„Wenn es uns gelingt, die Stärke eines jeden Einzelnen zu nutzen, kann unsere Idee Wirklichkeit werden", meinte Fynn.
Dann fasste er behutsam ihre Hand und als er mit ihr wieder ins Haus zurückging, fühlte Myra Fynns alte Stärke wieder. Gleich einer Flut von Wärme floss sie aus seiner Hand in die ihrige. Ihre Zweifel schwanden, und mit ihrer zurückkehrenden, alten Selbstsicherheit der Angekok schritt sie mit Fynn, Hand in Hand, in den Saal zurück.

Nachwort

Allen, die mir beim Schreiben dieses Buches behilflich waren, möchte ich an dieser Stelle herzlich danken.
Ohne den Anstoß durch meine Frau und ihre ständigen Ermutigungen wäre das Buch wahrscheinlich nie entstanden. Ihr Korrekturlesen und das meiner Kinder hat ganz wesentlich zur Vollendung beigetragen.
Das metaphorische Bild des Jäger und des Sesshaften ist in der Münchner Rhythmenlehre von Wolfgang Döbereiner zu finden. Daneben hat es weder Ghostwriter noch Vordenker gegeben, weder Einflussnahme durch den Verlag noch durch andere Zeitgeister.
Um den Kreis zu schließen: Alterius non est! Zu Deutsch: es ist von mir.